続々花山多佳子歌集

現代短歌文庫

砂子屋書房

続々　花山多佳子歌集☆目次

歌人論

続々 花山多佳子歌集

歌集　春疾風（はるはやち）

（全篇）

地上

深みあるいろと思ひて朝床に腕の打ち身のあとを見てをり

南瓜から包丁引き抜く時の間のためらひ長し秋の夜更けぬ

砂利尖るひまよりほそく煙出づプラットホームに見下ろすところ

電線にふくふくとゐて羽(はね)つくろふ鳩のあたまのときどき消ゆる

木の葉ちる地上をわれは鳥のごと首突き出して歩みゐにけり

きのふより今日はつづけり硝子戸と障子の間(あひ)に蜂は疲れて

なめらかなる実にあらざれば八朔のみどりふかぶかと垂るるを愛す

のぞき込む手くらがりにぞ吸はれゆき文字のひとつとなりて横たふ

満天星（どうだん）は低きに掲ぐあまたなる芽といくひらの葉のくれなゐを

風草と庭挨とはそんなにも格がちがふかと思ひつつ歩く

疎まるる幼女のこころ兆しくる十一月のあたたかき雨

国歌大観引き降ろすときはらはらと南京櫨（なんきんはぜ）の押し葉こぼるる

桜もみぢの下に置きたる自転車に遠ざかりつつ別れのごとし

昨日の夢

むすめのくしやみは猫のくしやみに似てゐるとふり向くときに量感のあり

赤み帯びてつもる落葉も夜(よる)は見えずベランダに湯上がりのこころさびしも

花のやうに落ち着いてゐる少女なり〈しづか〉と呼べば〈あー〉と応へる

昨日の夢をすこしづつ思ひ出すやうにライブに唄ふと青年が言ふ

何に押しつけゐたる腕かもいつまでも消えざる線条(すぢ)を老いといふべし

長い長い三つ編み垂らした象牙いろの卵なりにき十四の友は

とどかざる痒みのごとくひとところ朝焼けてをり陸橋のぼる

微に入りて息子が語る出来事はなべて虚言とこのごろ気づく

干し物の山より引きて板状のバスタオル折りゆくは愉しも

非常階段十一階に来てしやがむ雲のひかりの楽を聴かむと

めやにまなこ開(あ)かざる猫のすべなさがまるまりてをり垣根の下に

メタセコイアの葉だまりふかふか踏みゆくに逃ぐるがごとき白き羽根ひとつ

木の影は壁のおもてにこんもりと蔦のしげりをまとひて立つも

着ぶくれた隊列にさす夕びかり鳩は白線の内側あるく

バスの外は霧にけぶりて黄みどりの帷(とばり)のごとき大柳過ぐ

こがらしの吹きとほりゆく道の辺にアベリアの花わづかのこりて

裸電球

そのへんに置きし珊瑚のペンダント戻れる息子の胸もとに垂る

折々にひかりてよぎる紙魚(しみ)なれど広辞苑の図に見れば怖ろし

足首に砂袋(サンド・バッグ)巻く快感を知りそめて夜の階段のぼる

机のまへの空気がすこし動きたり夜の玄関扉(ドア)の風圧

スタンドの傘がはずれて裸電球六十ワットがノートを照らす

除湿機に三十分ほどで溜まりたる水捨てにゆく何かうれしき

きりもなきむすめの愚痴のまにまにぞねずみもちの実垂りては消ゆる

買ふといふ架空の話にうちとけてカタログながめる姉と弟

諍ひののちは互みに油断せず大切な物隠しゐるらし

警戒は靴に及ばずかき失せて朝をしづけく姉娘泣く

昇降口

まばらなる夾竹桃の葉の間(あひ)にひかり帯びくる冬の黄のそら

あかときにちかくめざめてする咳につづくかすかな地震(なゐ)ありにけり

街なかを抱きゆく夢のみどりごはたちまち喋るこまつしやくれて

靴出しながら昇降口に人を待つごときこころにゆふぐれ迫る

ストーヴの前に居眠るしんしんと右側の肩冷えて老けゆく

受話器とりしことなき潔きてのひらを思ふ　あつけなく会話終はりて

巻き貝ゆ引き出されたる身は影にこだはりにつつ死にゆくものか

雪

つよき陽のあまねくさして椎の木に卵ほどなる雪のかがやく

凍りたる雪の上あるく何ごとも思ひみがたき緊張もちて

吊革をもつ手の肌(はだへ)おとろふるかなた河原に雪はふりつつ

雪除(の)けて成れるかぼそき道にしてうしろよりひとり迫り来るかも

道の辺の左右の小山は雪ゆゑにまざまざと黒き汚れを置けり

早　春

傘の柄をにぎる手がわれに戻り来たり沈丁花の香の路地に匂ひて

青き空ひかり降ろさず三月の並木の影を車轢きゆく

灯油缶ころがりゆけりなかぞらに霙をとばす三月のかぜに

携帯電話のむすめの声はきれぎれに空のいろ告ぐ外に出でよと

とどろきし風のきのふよ満天星（どうだん）に尖り芽わづかのびてかがよふ

文房具屋に人の名前をためし書きして出で来たり寒き神楽坂

檻のやうな金属ベッドを組み立てて息子は憩ふ受験終わりて

プランターの土のおもてに球根がせり上がりくる嘆きながらに

やはらかく金網のかげ　石段に歪みゐるものそれのみならず

蘇芳の花咲くと言ひ出でてわが声の弱りは傍へに人あらぬごと

舗装路にあぶらの虹の輪めぐりには白きさくらの団地曇日

欅の花

つつじ咲く寺の裏がは筍を掘りたる穴を手にうづめゐる

うぐひすのこゑききながら筍は竹にならむと細りゆくかも

をちこちにたまる欅の花の地図みるみる変る石畳道

若葉して小花落としし欅木もさゆらぐのみの五月となりぬ

五月三日蒸しながら降(ふ)り林より二羽の目白が歩み出づるも

しろつめぐさの花かんむりが茶ばみゆく時の間ありきかつて机上に

寝床より半身起こし弟のネクタイ結ぶ腕(ただむき)白し

夜の窓に何眺むると見やりしにＰＨＳ(ピッチ)に電波を入れてゐるらし

陸橋の階くだりくる白髪のふたりを嘉(よみ)す青葉のひかり

日傘

生き別れせし子がどこかにゐるやうに日傘をさして陸橋わたる

アルバイト先がすべてといふ顔のこの夏の姉を憎む弟

階上のカナリアの声はるかなり鴉の声に汗あへて醒む

めざむれば傍へに娘の顔ありぬ疲れ切つたる十七の顔が

少年のまぶたつまみて目薬を落としたり女の癒しのごとく

夢ならむ、講堂の壁に止まりゐるゴキブリ金色にかがやきはじむ

とろろあふひ

疲れたる四人並びてながめゐる小さき畑のとろろあふひの花

夕闇に顧みすれば佐伯裕子はとろろあふひの花に消てゐる

湯気玉のやうな夏の月ひだりより右へうつりぬ机の向かう

茂吉はも知らざりし現代(いま)の夏の暑にモロヘイアの味噌汁のみどをくだる

白髯のやうな胸毛に腹這ひて大犬雷(らい)にかき暗みゆく

息づきてあかるきみどりここにあり雷雨の已みし草野球場

熨(の)すごとき炎天に出づ二時間ののち雲丹いろのカンナ見るべく

湯より上がりて屈める胸に啼き出づる蟬かと思ふ遠くに啼けば

さるすべりの幾花ふさの突き出せる路地はあやうく自転車に過ぐ

起き上がらむとしたる刹那を鈍器もて殴られしやうなねむたさ

長き眠りみじかき目覚めくりかへし夏過ぎゆきぬ人を思はず

こゑ

しろき空のをちこちにしてかすかなる舌打ちのごとき鳥のこゑ聞こゆ

なかぞらを羽根ひきしぼり墜ちゆくを愉しみてまた羽根をひろげて

曇天ゆ並び来て同時着陸せし二羽は異なる鳥にぞありける

うつぶしてゐる足裏をふくかぜは在るとしもなき恵みのごとし

休むに如かざる考へのみをめぐらしてそのただなかに死ぬこともあらむ

藤棚を離れし花が湧く虫のごとくただよふ砂場の上に

一つ二つ音を違へて娘が鳴らすギターの「ペチカ」われを泣かしむ

ゆうた、ゆうたと呼ぶこゑばかりの外の面なり青あらしふく音にまじりて

数年まへ流行りしアニメのキャラクターを言はされてをりあたま試すと

頭のなかに予告編の文字回転す阿鼻叫喚の家族思へば

つぎつぎに時計こはれるこの家の不思議に少年大きくならず

いつよりかあかりともらざる冷蔵庫に指はさぐりぬ干いちじくを

手触れむがほどに思ひゐし人の顔ばらばらになりて青葉に吸はる

耳もとでもの言ふこゑの轟(がう)と過ぎ畳にのこる小動物われ

したたかに舌咬みて今朝もめざめたりうつつにもどる儀式のごとく

寒ざむと色のとぼしきあぢさゐの下陰にして鳩の啼くこゑ

あぢさゐの枯れし球より異(こと)ざまの花咲き出づると誰か夢に言ふ

夕方になりて三日分の陽がさせり葉桜へのぼる堀みづの匂ひ

くらやみにソファを降(お)りしうつしみはギターに触(ふ)りて鳴りひびきたり

記憶いつも少し違ひし祖母とわれ　つひにわれのみの記憶となりぬ

少女のころのわれを不幸ときめつけて羨んでゐる娘といふは

新墓（にいはか）にそそぐごとくに折々を枯れたる合歓の鉢に水遣る

漢字テスト姉にされつつ少年は額（ぬか）すりつけて答を隠す

レジに長く並ばせられてかたはらのどんぶり三つ、かごに入れたり

啄木の初句索引に連なれる「人」と「何」の字見ればかなしも

柔道大会記念のタオルたいせつにせぬと切れたる息子のこころ

秋の日のプラットホームの先端にあらくさ眺め嚏をしたり

うつとりと斜めに渡る大通りバスの箱より秋陽に爆(はじ)けて

十一月よく晴れた日にセーターの内なる腕に蚊のあとはあり

春あはき雲

風を押すあゆみなれどもしんとして枝えだの影　イヌフグリの花

ぞくぞくと寒きかあるひは恋しきか雪柳のうへに桜ひらきて

仰ぎ見るビル屋上の赤き鳥居春あはき雲そこを過ぎゆく

うら若くわれを見し目がいまだかもかたへにありて母と呼ぶ人

春雷はとほくこもりてくらやみと埃の部屋に父のぼりゆく

あふのけの鵯の胸に触れをらむ蕾のまじるさくら花ふさ

猫の尿しるく匂へる傘さしてさくら蘂立つごとき思ひぞ

撓ひたる夾竹桃の一幹のしろじろと春のあらしは過ぎぬ

チシャ猫

出かけむとしつつ机の前に来て坐る数分のこころひもじき

チシャ猫の笑ひのごときが部屋ぬちをよぎりてゆくは息子なりけり

胸に本抱きて歩く雑踏にほろびゆく香の沈丁花匂ふ

足のゆび骨折したる少年はよろこんでゐるルーズソックス履いて

黒糖のかけらふふみて歯に崩す奈落のごとき甘さは夜に

コートの肩ふるへてゐたり両の手を廊下につきて娘は笑ふ

あやふやな洗面所といふ空間の鏡にうつる顔のみぞ美(は)し

路上

大いなる空地生まれてゐたりけりねずみもちの木めぐりにのこりて

黒き門の下より路面に出づる蔓たるみのあらず一メートルほど

自転車に制服の子ら流れゆき黒雲なせり道のかなたに

降りながら照る路地にしてマンホールの蓋の紋様螺鈿のごとし

青い髪にしてもいいかときさらぎの巷のかぜにこゑ流れたり

紙ヒコーキ

握りもつ白雲木の実ふたつ水たまりあればなげうちて過ぐ

紙ヒコーキが日に日に紙にもどりゆく乾ける落葉だまりの上に

〈柿死ね〉と言ってデッサンの鉛筆を放り出したり娘は

ベランダの箱の林檎はいつしかに集団脱走せしごとく減る

静香と志奈のどっちが子どもを産んだのかとまた訊いてをり夫は娘に

徹夜明けの姉おとうとが将棋打つ音の忙しも襖の向かう

先回りしては思ひみる　ことのほか惨たる晩年のあるやもしれず

星ひとつ消えゆく見れば水母なす雲ばうばうと果てしもなけれ

球根はほの赤きかなあかときを土のおもてにひしめき合ひて

鮫のあたま

青葉濃くなりゆくころを陸橋の雨樋の下にかたばみ枯れつ

葉桜に揺り出だされて鳥いくつ堀水わたり陸橋の上へ

いつしかに藤棚の藤はらはれて砂場にあはあはと格子の影ある

何事にも前日がありうちつけに外面(そとも)を夜の風の音する

あまたの靴に並べ置きたるわが靴の会合果てて足に合はざり

萎れゆく遅速はあれど大いなる花束として部屋に四、五日

まつしろに巻きゐし蕾ふしぎなり蘂ふとぶとと毒だみ咲けば

おかあさんおやすみなさいと甘き声に息子言ひて去る何のつもりか

青嵐ふく夕まぐれ路地の口より鮫のあたまが出かかつてゐる

サッシの扉

ところどころ空うす青く澄む一日（ひとひ）雲来ては降（ふ）り雲来ては降（ふ）る

葉桜よりしたたるしづくくらぐらと空気の動くバス停にをり

小山なす赤き躑躅の裏側にこもりてひびく電車の音は

剝(む)きゆくに大蒜ひとつぶ白鳥の頸のごとくに芽をうづめをり

机よりふり返り見る散乱のかなた押入れのなかの混沌

ピデオにとつた昨日(きのう)のドラマは何だかもう古めかしいねと言つて見てをり

携帯電話そこにありたり乱積みの本ふるはせて蟬鳴くごとく

われとわがからだに敷かれ痺れたる腕(かひな)は夢に重き鞄下ぐ

こゑにまじるこゑを思へばしかすがにかたまりのごとき動悸はのぼる

くらやみの唐黍畑風あらず声に侵すがごとき物言ひ

見つめたるゆゑ穴となりたるくらやみかひとつのかほのありにしものを

ダアリアの蕾ふくらみゆくなべに剝がれてひらくさみどりの萼

自転車の上に仰向く　白き雲楕円をなしてかずかぎりなき

夕光るサッシの扉に自転車の影を置きたりわが戻り来て

栞紐

白地図のみどりのすぢを思ふかな新幹線に河越ゆるたび

梅雨くらき新幹線に眠らざるわれは音たてて鼻かみてゐき

ミサイル型灰色の雲先端に光あつめて連山のうへ

〈鯉といふ路地〉のところに挟みおく栞紐しろし車窓晴れゆく

低き声の母なりしかど鈴かすか振るがごとくに語りをり今を

梅雨の日の葉桜暗しわがための特濃牛乳買ひて戻り来

母

彫りあはき目鼻いよいよあはくして病み疲れたる母泣かむとす

おやすみとその妻に言ひ首曲げて父が廊下に佇む気配

暑き舗道に過ぎて思へばいぶかしく傘の柄のみが落ちてゐたりき

ほんたうに醒めざりしか母は　あかときを昏睡のまま逝きたると言ふ

あをむけの土竜の足のももいろがよぎることあり母を思へば

少年の彼らを知らず異母弟三人ちかぢかと見る葬のまにまに

一夏

群衆の熱狂ばかりつぎつぎに画面に見たる夏のむなしさ

一夏(ひとなつ)をこもりてぞ居るわが息子何気に髪を染めてゐたりき

草はらに陽の斑はながれ影ながれ手脚のほそき子供ら通る

百日紅の花のちぢれのおとろへに仁丹ほどの雨つぶひかる

一様に葉むらはあれど抜け出づる狗尾草の穂　莎草(かやつりぐさ)の穂

プラットホームの椅子に坐れば線路見えず狗尾草の穂の先が見ゆ

顔のまへの空気を絶えず払ふやうに河野裕子は扇子を遣ふ

黒土に蟬の穴あまた現れて九月団地の草取り終る

花のなき月見草こそいぶせけれただむらむらと線路の向う

桐生

電車のドアに凭りてながむる青毬のあかるくともる栗の木立を

桐生の細き路地をゆくとき畳見ゆちやぶ台が見ゆ右に左に

こほろぎの羽根擦るやうな笑ひごゑうす暗い店の奥より聞こゆ

遠景に黒き鳥かげはらはらと落ちてゆくなり木々より雲へ

馭者台に駆りゆくごとき昂りはバスのタイヤの上の座席に

烏瓜

一時間ほど思ひては泣く人ひとり疎むに至る淡き歳月

わが息子腹話術師か秋の夜を二人こもりてさびしくもなし

火をつけず吸ひし煙草が一日に四、五本息子の灰皿にある

十月の夾竹桃の残り花くらき葉むらの左にかたまる

夕霧に舌を垂りつつ寄り来たる犬のまなこは埴輪のごとし

踏み入れぬ藪となりたる森ひとつ烏瓜の実を車道に垂らす

生湿るいちやうの黄の葉ゆつくりと裂くとき指に音のなき音

めざめては乗り換えてゆく　うつつなるあかしのごとくコインふやして

輪ゴムはめた請求書ばかり届きたる冬の土曜日三日ぶりの晴れ

百年はたちまち過ぎてキッチンに腐つた菊と水の匂ひす

どう見てもディズニーアニメのクリントン加筆されるがごとく老けゆく

幹を巻く蔦は素枯れて真青なる空にしひびく棕櫚の葉の音

晴れやかに黒いブーツが陸橋をくだりきてバス停の列に連なる

くれなゐはさ枝の間（あひ）に沈澱し冬の欅の梢暮れたり

外灯の押し照る光にもくれんの広葉すべなし透きとほりたる

豆殻ののこる梢にうちつけにぶらさがりたる鳥一羽ゐる

歩みゆく路地の土より飛び立ちて雀らの入る枇杷の花かげ

日は差せど暗き朝なり欅木が川のやうなる影を流して

大いなるしだれざくらの冬の枝が肩に触るるがごとき曇日

昼のラジオにきけばさびしもラプソディ・インブルーには拍手が似合ふ

通りやんせに合はせて低いハミングの男の声がかたへ通過す

もう倒れる睡眠不足で倒れると歩いてゐたり夢の中にて

カンナの葉ぼろぼろとなり唇に霜柱立て女歩み来(く)

射程

蛾のごとくせはしくめぐる夕ぐれの鳥はも高層の間(あひ)のなかぞら

雨の日の欅の幹はなめらかに黒ければ白き空を反射す

足の下布団の下にいま何か割れたりともかく子の部屋を出づ

少しづつすこしづつ襖を閉めながら娘はしやべる隣室のわれに

重ねたる枕二つに載せしかばあたまは朝もそこにありたり

腹這ひてしんとしをれどこの朝（あした）射程に入ってくるものあらず

ゆらゆらと夕光りつつ群れてゐる小虫はあぢさゐの枯枝のうへ

お絵かき

押しよせてくる三月の夜の風この輪くぐれと言ふ声のする

ああああと鴉のこゑが遠ざかり陸橋の上まつしろな空

長く会はざるままに逝きにし人ゆゑに長く会はずとふと思ひゐる

〈お絵かき〉といふことば美大予備校で流行（はや）りゐるとぞ受験間近く

出かけむとして又くたくたと甘え寄るあと二カ月で二十歳のむすめが

連合赤軍果てにしころを美しき名と思ひしかレヴィ・ストロースを

春疾風

こまごまと照る満天星の冬の枝に凝るひとところ見れば鳥の巣

湿りたる朝三月の風ふきて目に著（しる）きかなゆづり葉の赤

血族の誰かれのごと水洟をかみて息子は寡黙にあらず

ふとき猫ふとき声もてベランダの鉢の間をにじり寄りくる

輪郭のなき顔なればたちまちに眼鏡のつるは開いてしまふ

高層の下の砂場の穴三つなめらかにして春疾風（はるはやち）過ぐ

雪山のかがやくごとき雲立ちて関東平野春のかぜ荒ぶ

吹きすさぶ風の底の陽に暗くイヌフグリの花かたまりてある

ももいろに塗られた六個の屑缶が一挙に置かる今日のバス停

舗道の木の根かた根かたをやはらかくつつみて青し雀の帷子

鯵の干物

夕ぐれのうたたね深しお帰りと祖母が言ひ祖父が茶の間にゐたり

呼ぶ声のとほく聞こえて魘さるるわが声聞こゆ　ともに已みたり

時をりはうつむいて泣きし祖母なりきああ情けないなどと言ひつつ

きれぎれに残るは石けりの線ならず阿弥陀籤なり夕暮れの路地

階段のまへに坐りて階段をスケッチしてゐる夢の老人

描かれし鰺の干物のかたはらに鰺の干物あり腐る匂ひす

動かないと見せかけてとつぜん動くのがお母さんだと描きながら言ふ

満天星にぶらさがりたる花ひとつ奇跡のごとし振りかへり見つ

妹と語る傍へにみどりごが見えざる人とかはす声する

桜

鳥ふたつはなればなれに動くなりひろごる桜目に落ちつかず

うつうつと踊子草は立つものを　桜の下を歩きつつ踏む

花の終りし後(のち)のことども思ほへずあかあかと桜の萼(うてな)けぶらふ

くるま道の右と左にさゆらげる欅若葉の梢ふれ合ふ

秋　田

古本屋三軒並び閉ぢてゐつ五月五日秋田すずらん通り

ゆく春の角館にて桜皮(かば)細工の手鏡買ひぬ息子のために

畦道にも武家屋敷にも諸葛菜似合ひてわびしきかなや日本(にっぽん)

駐車場より地つづきに入る湿原に蛙の卵ながながとあり

水芭蕉の葉の勢へば花苞(はなづと)ののびにのびたり垂りて水漬くも

とびとびに「樹勢回復実験」の表示ある幹のさくらを見上ぐ

梅雨ふかき日

藤の花垂るるかなたに雷きざす象牙のいろの空がまたたく

よぎりたる燕の影はたちまちにジェラルミンの塀をのぼりて消えつ

胡蝶蘭の根のうすみどりもつれ合ふすでにいのちのなきうすみどり

いつの間に塗りしか真青なテーブルが出現したり息子の部屋に

うちつけに塗料ふきつける息子なり壁や机や壺やゲーム機に

みづからに消臭剤をふきつけて梅雨ふかき日を息子出でゆく

何の花かと夕暮れ見ればことごとく萎みて下がる躑躅なりけり

梅雨の日の昼暗き道あなかすか目覚まし時計鳴るはいづこぞ

嘴に青き虫垂り鶺鴒の飛べぬ歩みにわが従きてゆく

尖りなき大きな苺はつなつを口内炎のごとく傷みて

このあたり外灯のなく水たまり轢きゆくらしもわが自転車は

針のないホチキスが紙を噛むやうな返事をしては詰られてゐる

切り口のもり上がりつつ半切りのたまねぎ芽吹くさみだれのころ

ちぎらむとする昼顔は腕(ただむき)に蔓垂らしたり雨しづくして

窓べのギター

ゆれながら後ろの車輛に移りゆくとき思い出せない人がゐる

六月のあらしは過ぎてカーテンが奏でてゐたり窓べのギターを

かみなりの鳴りはじめたる夕空へ吸はれるやうにカーテン上がる

停学になりたる息子ことさらにうろたへゐたり愉しむごとく

昼をこもる息子の部屋に絶えまなくゴッドファーザーの着メロ流る

掘り出された仏像のやうな教師なり昇降口にあいさつかはす

笑ひながら夫と息子が門出づる夢なりきわが家に門はあらぬを

いつしらに泰山木の花落ちて椀(もひ)のごときに雨のみづ溜まる

斑点

蟬の声あまねくあれば少年のもつ虫籠の声もまじりゐる

夏の日の葬儀のために一駅を路面電車に乗りてさびしき

種子のごとき斑点生(あ)れてゐたりけり暑き夜ひらく『日々の思い出』に

埋めるまへにウサギを見てやつて頂戴と隣りの恵子さんが呼びにくるなり

タオルから横顔出してゐるウサギ　同じ間取りの、とあるところに

蟬のこゑはやかすかなり原付の免許を取りに息子出でゆく

八月三十一日のゆめ墜落した飛行機のぞきゐる人らのなかに

晩　夏

晩夏(おそなつ)の暑き陽ざしにはらはらと桜の黄の葉おつるときの間

祭りより戻りきたりてクーラーの風の下べに濃くなる家族

諍ひの娘の声は変らねどあなふとぶとと息子の声す

ひとり見し「ヴェニスに死す」を十七歳(じふしち)の息子と見てゐる教育テレビに

うす赤くけぶる空気の夕つかたアベリアの花たますだれの花

うつぶせにソファに眠る足裏のうっすら黒き娘かなしむ

傍線を引かむとし箱に鉛筆を選り始めたりそののちおぼろ

ドラムのごとくラップの唄が近づきてはや眼前に息子の顔ある

ぱちりぱちりと家じゅうの電気を消してゆく誰も帰らねば勢ひづきて

「生きてゐて何が楽しい」といふ言葉息子より先にわが口を出づ

野牡丹のひらききりたる花びらは黒土に散りそのいろしづむ

長く眠りて夢の記憶のなき朝を卒然として秋が来てをり

葛の葉

夕空にニセアカシアのこまごまと置く葉は怖し垂るる莢実も

掘割のフェンスにいまだやぶからし蔓芽ほどけつつ十月に入る

昇りゆく共通感覚一団にありてエレベーター動いてをらず

手づからに石器埋めて掘り出だすこころ思へば動悸してをり

葛の葉はいづこより来る　街川のほとりの一木に襲ひかかりて

神社より降るきざはし羊歯の葉の胞子が脛にふれしと思ふ

そそり立つユッカの花の二つ三つ墜ちたるところ尖り葉の上

獺

やはらかく脱がれてありぬ今日ひと日むすめが着たる夫の背広

美大予備校休日なれば夕がたまで眠りし娘死にたいよと言ふ

坐り机に置くスタンドにいつよりか電球あらずその下にわれも

息子の声きこえるのみに幾人かゐるらし部屋をうごく気配す

獺(かはうそ)のやうな少年河上君を押しのけ通る夜のキッチン

パソコンの中かと思ふはたはたと紙打つ音は何の虫はも

すずかけの木に添ふカンナの赤き花その向うにもその向うにも

路地の果て白く湧き立つ雲あれば背すぢの伸びてひたすら歩く

手賀沼をうたう

沼南（せうなん）より湖北へ走るなにゆゑに沼と湖（うみ）かといぶかりながら

前を行くトラックが積む藁山から藁屑が左右（さう）に飛ぶはさびしき

干拓地十一月の穭田（ひつぢだ）の青青として寒寒として

干拓の時代は過ぎて水の辺の「市民農園」に菊剪る人ら

陽乏しき秋なりけふも朝（あした）よりけぢめなく暗し烏瓜垂る

水上のバレリーナかと近づけば姿態さまざまな河童像三体

「市の鳥」に勝手にされてゐる大鷭(ばん)が一羽は居りぬ鴨にまじりて

見るものも特になければもう少しこつちにおいで白い鼻の大鷭(ばん)

「水草浄化イカダ」なるもの遠近(をちこち)に泡立草を繁らせ浮かぶ

花終はりし泡立草はもやもやとけぶれる影を水面に映す

手賀沼の主(ぬし)は牛ゆゑわたるとき藤いろの着物をきてはいけない

「惟れ鴨揖々、一沼萬千、民の生計を補ふ、猟場潤然たり」手賀沼猟場碑

前庭にミニ手賀沼をしつらへて奇怪なイスラム風建築物「水の館」

渡り鳥のやうに飛び来て去りゆきし「新しき村」の住人思ふ

スケッチしつつふりかへり見れば土手の上に友は着ぶくれて煙草吸ひをり

三月の雪

降りながら明るみてゆく冬の雨ひとすぢ風の唸りともなふ

隣りのドアから同時に電車を降(お)りし人と左右の階へ交差したりき

一月(ひとつき)ののちの桜を思ふさへ苦しく日々を、日々に逝かしむ

通りより逸(そ)れてゆきたり鳥ごゑの騒ぐ一木(ひとき)を突きとめるべく

うながして聞く者ふたりあるゆゑに息子は長き夢話せり

ビラの跡重なり付ける電柱の照らさるるとき幹のごとしも

ヒツウチはツウチであれば消ゆるまで息つめて見る日にいくたびも

あふのけに受話器はありぬ細く開く息子の部屋の朝のひかりに

谷間より吹き上ぐる風に煽られてゐるのみのゆめ長かりしかな

マスクかける突起物として耳はあり運転席のサイドミラーに

ぼんやりとしてゐるからとわたくしの脚をかじるな白い兎よ

「ココアでも飲む?・」といふ声聞こえきて夜を明かすらし姉と弟

天秤座の今日のラッキーカラーとぞピンクのタオルを息子が握る

春さむき風と入り来る制服の一団はみな頭を垂りて

さ夜中に染め返したる黒髪のわが男の子はや何処(いづく)にまじる

私語ひとつなき学校と言ふときに声はりあげて老い人はあり

君が代も校歌も仰げば尊しも伴奏のみがうしろに伝ひ来

夕つかた鏡にとほく見つつをり壁に貼りたる幾多のメモを

おのおのの葉むらのかたち枝のかたちにつもりて已みぬ三月の雪

たえまなく雪しづりする気配充ち定まらぬ目は昼月見上ぐ

石　蕗

石蕗(つはぶき)の細茎折れてそれぞれの枯れたる花は雪に埋もれぬ

二人の声もつれ合ひつつドアの開く音して家にふかきしづけさ

意外にも敵は近くにゐるものとつぶやき息子が鏡を見てゐる

尻尾あらば楽しかるべし髪のいろ今日も変りて息子が跳ねゆく

ひとたびは失せたる幼き面ざしの戻りてゐたり十八の息子に

人のみがとり得る姿勢と思ひつつうつぶせに足を伸ばしゐるかも

眠りゐてわが容量を越えてゆく液体のごとき眠りを感ず

円卓

まぼろしのごとく円卓に人らゐて長き戦後は室内に充つ

うつくしく老いたる人と共に在るこの日月のかりそめならず

生家には射干(ひあふぎ)咲けどぬばたまの実を見し記憶われにあらざり

芽吹きたるあぢさゐの枝、枝ごとに同じ幅なる雪沿ひ立つも

ひろごれる網のごとくも草波に水雪のこる四月一日

目地に青き草を見てゆく石畳剝がれし矩形に花びら溜まる

爪とぐ猫

春の日のうたたねさめて擂鉢にとろろのおもて乾くさびしさ

路地の果て塞ぐは桜と気づくまで歩みきたれり押さるるごとく

春幹に爪とぐ猫を笑ひ合へばこちらを見たりまじまじと見る

金髪に釣り合ふ顔といふもあり一平君を今日はながむる

裏返し置く腕時計するすると潜りては出づ紙のまにまに

若葉より降ろすまなこにやはらかし象皮のごときゆりの木のひだ

ピアスの穴ふさがりやすきを憤り言ふは息子のめざめたる声

バルサンのこもるころなり藤の花垂るる下べに兎を放す

悼　児玉暁

枇杷の実の青いとけなく寄り合へば花さくころに死にし人はも

一号と十一号が見当たらぬ輪ゴムでとめおきし机上の「クロール」

百号が目標あと二十一年と記して覇気ありし児玉暁よ

バナナの叩き売りが似合ふと言へば声あげて笑ひし男南(みんなみ)に果つ

唐津の夏はふたたびを来ずいつも体を鍛へてをりし児玉暁に

暗さには根拠があつて明るさには根拠がないと昼顔が言ふ

やぶからし

フェンスの下に葉を噴き出づるやぶからし風に波打つ夏は来向ふ

強く言へばこのごろは息子が退(ひ)くことに気づきたりああ時は流れる

さるすべりのうすもいろのすずしさはちかぢかとみる石畳のうへ

つくつくほふし啼かずなりたる日の夕べおしろい花の黄のほのかなる

良からずと思ひゐしうた良く見えてくる晩夏(おそなつ)のこころ弱りに

子らすでに大きくなれば識閾に小さくなりて起こし忘れる

水漬きたる稲のやうなる玉すだれ嵐ののちの花つけてをり

「窃(セツ)チャリで帰つておいでよ」夜の道をときめきてわれ家まで歩く

夜半のあらしの風吹きぬけて窓枠に白うさぎの毛付着してゐる

虹

嵐過ぎ西金色に照りいでて東みじかき暗き虹うかぶ

暗みゆく空にまぎるる虹見つつ帰りきたればたちまち眠る

二〇〇一年九月十一日

木立ちの間右へ左へ低くとぶ鴉のあげる恍惚のこゑ

うす青き空に触覚おしたてて やぶからしの葉ひらきゆくなる

消音にしたるテレビがわれの背に喋りてやまず時をり笑ふ

落ちたるを拾はむとして鉛筆は人間のやうな感じがしたり

芝のうへ夾竹桃の影さして日向に白き花はちりぼふ

小人

石道に連なる垣のひとところ白きさざんくわ秋に咲きて散る

しづかなる昆虫のごと石蕗の蘂にのこりゐる花びらふたつ

くろぐろと移動する小人の一団をひた追ひにつつ目覚めに到る

朝の電車のポスターに見る　上の乳房が下の乳房を圧(お)しつぶすところ

冬の夜を動きのにぶきゴキブリに森に帰れと誰か言ふこゑ

ああ寝まくつたと息子の声すこの夜を空爆しまくつた人達も居る

蜘蛛の巣をこはしたるらし自転車にまたがるときにやはき感じす

夜の鍋

きらめきて落つる金魚もありぬべし冬掘割の排水孔より

角の家の狭きめぐりの棕櫚の木の失せてをりたり蔓もろともに

バスの窓にすぎゆきて又すぎゆける欅の幹の分かるるところ

何故オレはこんなに腐つてゐるんだらう口先だけで息子がほざく

染め直したる息子の髪とわが髪の人工的に黒き夜なる

オレ浅い人間かときく浅いよと言へばテメエだつて浅いと切れる

受話器もち唄をうたひてをりしかどそののち黙りゐる唄を聞くらし

夢の窓べに若きら凭（よ）りて一人ずつ廊下の奥に消えてゆくなる

流しの下の扉あければゆつくりとずり落ちてくる夜の鍋

すべすべと樹皮もりあがる木の洞は内部にあらず木の凹部分

コピー機のするどき緑あまたたび瞼よぎりつ変身せぬか

振り返り見れば夜道にわがむすめ携帯電話に凭りかかるやう

受話器の向うに柱時計の音ひびきにはかにわれの音程下がる

横ざまに雨はしぶきて幻聴のごとく轟く一月の雷（らい）

布陣するごとくに人ら向かひ合ふ冬光さす線路隔てて

チチチチと声そこのみに飛びかひてしだれ桜の冬木は鳥籠

後書き

一九九七年夏以降、二〇〇二年に入ったあたりまでの歌を収録した。

数年間の或る時期の歌というのは、しらずしらず或る傾向を帯びて、ハマっている歌のつくりがあるようだ。つくっているときは気がつかないが、歌集をまとめる作業をしていると、あれっという感じになる。同じ動詞をよく使っているとか、結句や助詞の置き方が似るとか、そのために、入れるのを断念する歌もある。置く位置をずらすこともある。自分で辟易してしまうのだけれど、一方で面白いことだとも思う。短歌のかたちにする、その仕方というものに投映されるものは、何なのだろうか。それが、時代とも無縁ではない、どころか、時代の匂いを濃くもつことは、かつてのさまざまな歌集を読み返すときに、つくづく感じることである。

とにかく、まとめてみると、自分がつくった一首一首の総体とはまた別の印象があるのが歌集である。今回の『春疾風』には何故か特にそう思った。漠然と自分の抱いていたイメージとかなり違っていたのである。そんなことは、作者以外にはむろん全くの無意味なことで、どうということはない。ただ、歌集をまとめるということは、はじめてその外側に出られることとなのだと、改めて感じた。

いまとても暑く、風もクーラーもない家でこれを書いている。さっき、インターホンが鳴ったので出たら、エレベーターのボタンと間違えた人だった。ドアの横がエレベーターなのである。めったに間違える人はいないのだが、このところ、二、三回つづいたのはやはり暑さのせいなのだろう。春疾風のふく日がなつかしい。出版にあたって、お世話になった砂子屋書房の田村雅之さんにこころよりお礼申し上げます。

二〇〇二年七月三十日

花山多佳子

歌集　木香薔薇（全篇）

芽

葉の落ちてたちまち点(とも)る満天星(どうだん)のくれなゐの芽よ　遠き春まで

草木(さうもく)の忘れ去られし果てにして草木のみの朝は来るべし

見上ぐる枝はいまだ芽ぶかずやはらかに根かたにそよぐ雀の帷子(かたびら)

はやく芽を出せ出さねば、といふ台詞ゆゑ役をふられし蟹か或ひは

みづからの胸に乳房を夢想して少年が着る姉のブラウス

人形にふとたましひの宿りたるごとくめざめよ朝が来てをり

灰いろの雲濃く寄ればあかときを欅の梢(うれ)に芽ぶくけはひす

ひとすぢに行く自転車にひとすぢに轢く三月の萌ゆる小草を

土手

夾竹桃は春にけぶりて分かれゐる幹ごとに居る、居る鴉

湿りたるバスタオル廊下に落ちてゐて息子は夜のどこにも居らず

日比野士朗の薄き文庫本出てゐたり高校文芸部に居りしその息子いづこ

何の本を読んでゐるかと広き額に迫り来し日比野満よ

容貌も気質も似ざる父と子ならむ『呉淞（ウースン）クリーク』読めば思ほゆ

燕（つばくろ）のとびかふ空となにもなき空が交互に頭（づ）の上にある

三つの花ひとつのやうに寄りあひて白きつつじの蘂きよらけき

行動につぎつぎ支障の起きてくる夢のごときが息子の現実（うつつ）

〈あつ耳が見えた〉と娘がさけぶ夕闇の掘割のうへ群れ飛ぶものに

畦道を高くしたやうな土手の上歩きゆくなり人影を見ず

「海まで93K」といふ標識が土手の上にあり意味不明なり

左自衛隊屯所右干拓地前方ノ空ニ雲雀ガ上ガル

土手の上にすれちがひたる犬連れの男は双眼鏡で何を見てゐる

雨のつぶドイツあやめの紫に汗のごとしもふつふつとして

夢の話をしてゐるうちに娘の声小さくなりて抑揚のなし

白雲木の花の離(か)りたるあとどころまざまざとあり見上げて立てば

裂けて立つ木の名は知らずうらうらと木香薔薇の花のなだるる

暮春なく五月に入りぬ椎の木に盛りあがりたる椎の木の花

識閾

十五年識閾になし　玄関の壁ごしにエレベーター動きゐること

エレベーターとまちがへわが家の呼びリンを押す人がゐる年に二、三度

著しく異なる犬の紐もちて寄り合ふ顔は夕暮れ見えず

草はらにうつむく鴉のあたまから首のラインがみやうになまめかし

一週間のちには遠い過去となる明日の行事をひたに苦に病む

音のなき夕ぐれとなりカーテンの裾はみな外に出てゐる

扁桃腺を見せにくるのが好きなりき明治人（びと）なる大口の祖母

かつては祖母がいつでも傍へにしやべりゐたり　いま娘がしやべる

広場の壁に貼られたビラを読みながら夢に意識を失つてゆく

ぼくが今つくつたと言ひつまびけるギターの曲はわれさへも知る

一回しか読んでゐないはず　むすめの本は何でこんなによれよれなのか

そのころから転落の一途を辿った　宅間は自らをかく語りき

わたしは何を送つたのだらう書いた手紙が机のうへに

胡　麻

まひるまの颱風通過しこの年のはじめての蟬北の窓べに

夢を三つも見たと言ひつつ三つといふ数の根拠を考へてゐる

路地裏のどぶをあふるる水ありて少女のわれが跨ぎゆきけり

フライパンに胡麻をゆすれば胡麻のなき円形現はる　つねに一か所

みごもりてゐる稚(わか)き猫あぢさゐの花咲くかげに入りゆきたり

手の甲にもう一つの手が貼りつくを剝がさむとして声上げて醒む

怯ゆるごとく脅かすごとくアナウンスの声は上擦(うはず)るプラットホームに

抽出しにずつとありたるライターに立ち上がる火のむやみに高し

豌豆の莢とり終へて永遠(えいゑん)に為すべきことのあらざるごとし

うつぶせの背に落とさるる青蚊帳の匂ひにむせて目覚めたりしか

歯科医院に口あけながら思ひゐる不忍池に蓮(はちす)咲くころ

ふくらはぎなき制服の少女らよ膝の折り目を寄せてたむろす

夕立を待ちてかがめばベランダのホクシャの蕾から雌しべが出てゐる

かき暗み降る夕立を見むとして硝子によぎるわが影を見き

暑き日は何もしがたく恍惚と蒟蒻をうすく切り、さらにうすく切る

夕闇の夾竹桃の白い花　その裏側のさびしきかたち

蟬

ことごとく羽化果たししかと思ふまで蟬のこゑこの団地に満ち満つ

翅あれば蟬は木立よりいくばくか離れた道にまた落ちてゐる

部屋に入る蟬のむやみな騒ぎやう　近づく指に翅のかぜ触（ふ）る

吹き荒るるかぜに縒られて昨日より和らぎてゐる蟬のもろごゑ

みんみんの声に反応するごとくウサギの耳のふるへやまざり

炎天より戻りきたりて家暗し水餅のやうな兎が見ゆる

雷神といふもむなしき轟よ街より昇る熱に生まれて

木々の葉の乾ききりたる八月十日朝(あした)の声はつくつくほふし

鳥

椎の木に降りし鴉がゆつくりと羽うごかして葉むらにめり込む

崖をのぼる勢ひをもて飛ぶ力得たりしといふ鳥になりしと

黄身と自身を分けて白身を泡立てる鳥の産みたる卵を人は

同世代の若きがめぐりに見当たらぬさびしさを思ふこれからの人の

「存在」は存り在るといふことにして言の葉の抽象化はそこまで

大根を探しにゆけば大根は夜の電柱に立てかけてあり

輪ゴム

雪の香の未だし深き曇り日はやたら目につく鳥の動きが

ベランダを通りゆきつつ黒猫がふりかへりたり。黒猫でなし

きれぎれに布団に同化して眠る　古くなつたる輪ゴムのやうに

椎の木のりんかくに添つて飛んだあとふつと大空へ逸れてゆきたり

閉めた蛇口にふくらむ水がぶるぶるとふるへては落ちふるへては落つ

霜折（しもをれ）のかきくらす日の赤椿　茂吉のうたに椿はありや

踏みごたへ思ひつつ踏む霜土に載つてしまへば降りて歩みつ

慈姑の花

アベリアのあかがねいろのかがやきの一葉（ひとは）一葉を霜が縁（ふち）どる

たちまちに団地の人ら老けてゆく四丁目餅つきの列に並びて

テレビ壊れて仕事はかどると思ひしにテレビは娘にも壊れてゐたり

歳末の路上に慈姑（くわゐ）のいろ深し慈姑の花をわれは知らざる

指編みをしてゐる娘、わたくしは『一点鐘』を読みて年越す

日々にながめて息子が怒るすさまじき女二人の散らかしやうを

押入れにロイヤルホストのワンピース・小涌園の制服　金残らねど

疲れてるのがすぐわかるよと言ふけれどお前のせゐで不機嫌なだけ

映る部屋を時をり覗く物としてテレビはありぬこの三カ月

　　はかなきははかなきままに

元日の夢なり痛むてのひらにいくたびも当つほとばしる水を

こりや今日はあたたかいやと言ふ声はセントバーナードか曳かれる男か

探す本はかならず在らず探してはをらぬと思ひて暫くを待つ

冬の夜の雲あはあはと広ごれど欅の梢(うれ)は暗きに没す

はかなきははかなきままにとどまりて睦月のそらの白き雲はも

バス停のうしろの川にけぶりつつ落ちくる雪に椿まじりて

いつしかに二月を過ぎてベランダの鉢にあふるる繁縷(はこべ)のみどり

紙マッチ擦るつかのまを確かなる火のひびきあり火の匂ひあり

そこらへんに居たと思ふにもう居ない　子どもといふは大きくなりても

電信柱

山羊の眼が光つたやうな感じがす冬の巷を歩きゆくとき

サングラスを息子は買つて帰宅せり受験会場街中なれば

本に・目を・落として・ゐる・と意識してがんがん罵る言の葉を聞く

きさらぎの雨ふりやみてうす青き春の匂ひの夕ぐれとなる

人を殺してゐるかもしれない　年寄りの男を見ると思ふと言へり

くるりくるりジッポを回す指先のああ二十歳なる息子幼し

そらいろの小花にとりかこまれながら電信柱けふも芽ぶかず

芽ぶかむとけぶる欅に去年(こぞ)の葉のわづかに黒く吹かれつつあり

迫りくるコールタールの匂ひあり三月街上にさくら散りつつ

春疾風

見た夢の話ばかりかこの家は　春疾風(はやち)ふく頃もまぢかく

うす青き三月の空ひろがりて風はばたばたと自転車倒す

久しぶりに擦れちがひたりご近所の人といふ感じの津島修治に

藪間より見るのみにして怖れゐき人喰川のみどりの濁りを

夕闇にほの白く近づきくるものは花粉を拒むマスクの嘴

路地の角まがるいくたび沈丁のつぼみの尖りに必ず触れて

記憶あるといふにあらねど今までのどの三月より寒いと思ふ

たえまなく水洟をかむ音のして春じめりするくらやみの部屋

きもちわるい老人にきつとなるのだらう　他人のことは思ふことあり

ノートを照らす光も春となりにけり遠き頭(づ)のなかに風巻く音す

三叉路に立つてゐるゆめ三方の道に一つづつ柩置かれて

エレベーターの中なる人に会釈してわれは消えゆく隣りのドアに

春疾風吹きつのる音にめざめしが一時間後はしづかなる晴れ

泥土に誰か滑りし足跡の光つてゐたりイヌフグリ咲く

或る男が鎌ふり上げて草刈ればどこかでそのぶんの人が死ぬといふ話
——ブラッドベリだったか

跳ねてゆく雀の影は水平に移動してゆく魚のやうに

言ふだけで言はるることのなき人が言はるるときの恨みは深し

白布(しろぬの)のもつるるごとしと見てをれば木蓮の花はたりと垂りぬ

戦況を聞かむとつけるラジオよりトニー・ザイラーの歌声ひびく

花の下の敷物にゐる集団に見覚えあると思ふたまゆら

仰向けのウルトラマンが十数体あけぼの山の骨董市に

ばかでかくなつてラインの真つ直ぐな苺はいちごといふ感じなし

お散歩と連れられてきて老犬が置き去りにさるる公園といふ

一人勝ち一国勝ちは暫しと言へど暫しは永し生きゐる者に

散るさくら東へ飛びゆき掘割にうかべるさくら西へ流るる

めちやくちやに手早き圧殺　ああ胴吹きの桜がここにも

蓮

梅雨寒に白き木槿はあつけなくひらききりたり底紅みせて

たぷたぷと波打ちながら大犬の曳かれゆくなる葉桜のかげ

蓮葉（はちすば）のおほひつくせる池めぐりめぐりゆけども花は遠しも

ひさしぶりに会ひたる夫わが歩く足の速さに驚いてをり

蓮（はす）の花ことしは妙に色濃しと口に出だして不安になりぬ

白雲のうすく流るる夜のそらの下に眠るか蓮（はちす）の花は

靴ぬぎて投げることのみ思ひゐる頭が弾（はじ）く大粒の雨

小さなる百日紅の木ここだくも花つけてをり梅雨明くるまへ

ひるがほ

梅雨曇る巷をわれは流れゆく螢のやうに点滅しながら

摘まれたることを知らざるひるがほが夕べの卓に花閉ぢてをり

自転車を降りたる人が拾ひゐるメタセコイアの刈られし枝を

酸漿（ほほづき）の実のごとくにもわが肩はほぐされゆきぬ娘のゆびに

目印をつけられて飛ぶ鴉らよゆめ行動を知らしむなかれ

本棚に栞紐いつせいに靡きたり晴れてゆくらし今日の午後より

浴室で息子がズボンを染めてをり明日の上着に合はせるために

ばうばうと黒南風（くろはえ）ふけば草はらに浜ひるがほのやうなひるがほ

蓑虫

蓑虫はゐなくなりしかいつしらに　佐渡島にて揺れゐるといふ

蓑虫は蓑のなかにてひたすらに飛ばされていく大海原を

いちまいいちまい蓑虫の蓑をひろげてはアイロンかけてをりし曾祖母

Gパンの上にももいろの布垂りて天鈿女命(あまのうずめのみこと)あゆみ来

靴先に押したるときに落蟬は飛び立ちにけり翅音するどく

物置の絵本のなかに挟みてあり小さきむすめが書いたお話

バラの花がビー玉を見て泣く話　なみだは花びらだつたのでした

こどもでありし子を思ひ出すことなきに事件のあればしきりに思ふ

やすやすと占領されてそののちを戦ひ続ける方法もある

脱脂粉乳男子は飲めることを競ひ女子は飲めざること競ひゐき

あとは野となれ山となれとは良き言葉あとは野となり山となるなら

水田に横転してゐる特急の写真を見ては和らぐこころ

マリオネットの獅子の眠れる息づきにマリオネットの蝶が寄りゆく

しだいに影は液体のやうに岩を覆ふフリードリッヒの鉛筆素描

夕空に高く帽子を投げ上げよ蝙蝠がつられて落ちてくるゆゑ

ダチュラ

薔薇垣よりさしのべられて薔薇の実は路地探知機のやうに上下す

舗装路のおもてを擦りて鳴く蟬にいくたび近づく夜の歩みは

さつきから絵筆の穂先にアイロンをかけてゐる娘、寒き夏の日

「面(おもて)を上げよ」と言はれるときの緊張は思ひ見がたし唐黍かじる

金なきを嘆きて言へば『公募生活』買ひ来し娘に凭(よ)りゆくこころ

置いてある『公募生活』読みはじめ　一時間あまりが過ぎてゐたり

蟬の声とぼしきままに入れかはる虫のこゑはも、あな微かなり

その電気消して、消して、と声は出でてくらやみにわが目覚めたりけり

玉すだれの鉢でありしが、ほそほそと茎のびてきて韮の花咲く

携帯電話に指令届きて颯爽と息子は行けり何処(どこ)かの工場へ

わが言ひしことなき「地元」といふ言葉さかんに発す子らは団地に

ひたすらに地元の連中と遊ぶなり大学生になつても息子は

秋の日を干したる布団に凭れゐつ萎(しぼ)むダチュラの花のごとくに

明治の鬱憂、昭和の憂鬱の境にて朔太郎の憂鬱なる憂鬱なる鬱憂

つくつくほふしの声ゆふぐれを鬩(せめ)ぎつつはたりと已みぬ　時間なるべし

夏花の萎えゆくころを中空へ菊芋の黄の千のかがやき

この朝のもつともうつくしきものとしてスベリヒユ科のポーチュラカのつぼみ

夜の路地に入りゆくときに過（よぎ）りたり木製冷蔵庫あけたる匂ひ

日没

兎がいま食べてゐるのは『草の庭』の栞紐なり。一寸のこる。

店がみな明るくなりて文具屋にゐるときめきの乏しくなりぬ

住込みのバイトより突如帰宅せし息子にお金を借りるうれしさ

もと在つたところに物をゼッタイに戻さないのが女ださうな

夕ぐれは娘と出でゆく掘割の上に群れとぶ蝙蝠を見に

大鍋の湯気に濡れたるわが額（ひたひ）ふりむくときにふつと冷たし

春のころより居らざりし息子梅雨ふかき夜を帰りてゐたり

「ベッカムの報復」といふ物語アルゼンチンの貧より好まる

移動するボールの線が前もつて見えてゐるやうな錯覚に見る

スーパーの袋でサドルを包みたる自転車が空地の木の下にいつも

「次は日没、日没です」と聞こえしはいづくの駅か再び眠る

枇杷の実

堀の向う泰山木の花ひらく今日の曇りの空のしろさに

梅雨のあめ少しのこりて日の差せばびやうやなぎの蘂の乱るる

暗きまま夕ぐれとなる梅雨の日のメタセコイアの葉むらをあふぐ

ストッキング履くとき思ふ縁(えん)の下に覗き見たりし土蜘蛛の巣を

どくだみはかく丈高くなるものか躑躅葉むらを抜け出づる花

ある朝を娘が皿を洗つてゐる　Tシャツより伸びる素足を揃へて

思ひ切り刈り込まれたる夾竹桃むらむら繁る幹も根もとも

ほのかなる黄にときめきし枇杷の実のけふ来てみれば朱き月のいろ

エリンギ

露出した電池が赤い　寝るときはいつもうしろ向きの目覚し時計

網戸よりかすかによする夜の風ライターの火が親指に触る

この夏の不安のやうに膨れたるエリンギがいま俎のうへ

あからさまに鴉の喋る朝(あした)なり家の外といふ感じでもなく

思ひ出はそこにあるかと思ふまで白飯そめる紅生姜のいろ

たたみゆく干し物の山より飛び立ちてあはれなる蛾よ壁にひつたり

煮立たせた醬油の中にセロリの葉放り込みたり昼餉のために

電線と鴉をつなぐ脚二本針金よりも細くきらめく

折をりにつかめなくなる夫の所在そのときにのみ夫は在るも

蠅帳

太陽が葉桜のうしろに沈むとき、ここの団地の夏とぞ思ふ

ハイチョウは蠅帳なりと知るころは既に失せをり蠅取りリボンも

三日目の雨とはなりて雨音にしづかにまじり来る大蟬のこゑ

戻り来て畳に倒れ込むわれに「そのまま」と言ひ、むすめ写生す

描(か)かうとする娘を躱しかはしつつ暑きひすがらわれは働く

咆哮する黒猫あらはれガラス戸を閉めればガラスに体当たりせり

刺しに来るにかく熾んなる音たつる蚊といふものを夜は怪しむ

べとべととして尖りゐる桐の実はさつき跳び上がつて手に入れしもの

腹這ひてしばし見てゐつ蚊遣りのけむり朝を真直にのぼり、のぼるを

親が気をきかしたらしいよと言ふ声が向うですれど思ひ当たらず

なじめざる色としそよぐひるがほのこの頃多きももいろの花

暑くなるけはひの朝に見尽しててのひらに載す桃の重たさ

蹄

会果てて路地にさざめきゐることも若くはあらぬわれらと思ふ

信号の変る刹那に渡ること若きころにはなかりしものを

卒塔婆のあはひあはひに棕櫚生(は)えるこの寺庭の趣味を疑ふ

マイナスの額(がく)の大きさに驚きてもはや記帳せず記憶せず

毛筆に署名する前に書いてみる「とんぼには名がありません」といふ歌

眼前に蜘蛛くだり来しは気のせゐか読み疲れたるあかとき近く

わが胸を蹄(ひづめ)で叩きし鹿をりき野分の夜に思ひ出だせる

メタセコイア

黄葉(もみぢ)する欅も影となりゆきてその間(あひ)めぐる蝙蝠三つ

制服のふたりの少女ぺつたりと坐りゐるなり団地の夜道に

メタセコイアのこの一木(ひとき)はも根元までやはらかき葉に覆はれてゐる

幹もとのわづかに見ゆるのみにして繁り立つなるメタセコイアは

ひと枝の桜もみぢは水中の箔のごとくに震へやまざる

居並べる写真を見つつ顔面の大きさはずいぶん違ふと思ふ

居酒屋と物流センターでアルバイト始めると宣(の)る鼻息荒く

西洋梨は腐る直前に食べるもの　祖母(おほはは)言ひにき季(とき)くるたびに

曇日の溝川にしぶきを上げてゐる黒といふ色の鴉といふ鳥

とほくまで紅葉けぶりて足もとの石蕗の葉にたまる雨水

ダイヤル式

しばしばもかく霧ふかくなる団地かつて湿地でありにしゆゑか

お砂場の中に止めてある三輪車こどもは見えず秋のゆふぐれ

みちびくがごとくに低くとぶ蝶の曲り角あれば曲がりゆきたり

足もとが浮き上がるやうな会合の果てていつさんに巣穴に戻り来(く)

この静けさは少し饒舌　サイモン&ガーファンクルが夜の部屋に満つ

しかすがに或る感情は兆しきぬ光を湛ふる雲のごとくに

段ボールの箱より指に引き上ぐる甲州葡萄曇りおびたる

幾たりの老いゆくさまがこもごもに識閾に入る焦りのごとく

夢に出づる電話はいつもダイヤル式　回し切つたることあらざりき

わが眉毛すぐ抜きたがる娘ゐて夜ふり向いたときが危ない

滅びの美学言ひつつ勝ち組になつてゆく人の心はビミョーなるべし

まつしろいペンキのやうな鳥の糞に飛び立つときの勢ひがあり

枯れた葉をばさりばさりと落としゆき篠懸（すずかけ）の並木みどりを保つ

もやもやとあたたかけれどプラットホームに影長く曳く季節（とき）となりたり

雨の日の桜もみぢに透く枝のたをやかにして黒きその枝

鴉とぶ曇りの空のいづくとも知れず鴉のこゑがこもれる

時　雨

机の上の乱雑すこし押しのけて額（ひたひ）を置きて夢を置きたり

プラットホームの果てに流離の人らをり煙草のけむりそこに集まる

ばうばうと浦安の海に降る時雨でんしやに見るは寝過ごしにけり

時雨ののちの朝(あした)は晴れて鏡には砂粒(さりふ)のやうな髪のかがやき

新聞に「村上一郎」の名がありて刀剣屋とぞ驚かれぬる

公園の蛇口に鳩ら集(たか)りをり滴る水をつつきゐるらし

人前で眼鏡をかけぬはまざまざと人のかほ見るを恐怖するゆゑ

寝そべつてゐる若きらの顔は見ずまんなかへんに鯖鮨を置く

落ちつくせば紅葉を惜しむこころなし冬の光をただにまぶしむ

コンビニのコピー機の前にうつむけば豊かならざる余白の時間

やまびこ

曇りたる空低く日のあらはれて冬木の梢(うれ)はそこに途切るる

仙台は雪、と電話にききたれど駅前濡れて夕日さすのみ

挨拶ののちしばしして河北新報編集局長プルーストを語る

仙台駅前高架歩廊に佇めばみちのくの夜のきらきらしさよ

めざむれば夜の「やまびこ」はいつしかに過ぎてゐたりし白河の関を

夜おそく帰り来たりて卓上のカスピ海ヨーグルトに牛乳注ぐ

ママチャリ

いかにして合成されし顔ならむ現実(うつつ)に知らぬ夢の恋人

遠くには未だ行かざる若きらが集ひては去る北側の部屋

つぎつぎに「おじやましました」と言ふ声の聞こえて息子もゐなくなりたり

捨てかねてベランダに置くもろもろが冬の光にあからさまなる

籐椅子に積む子供椅子その上に虫籠三つ　冬のベランダ

事故によりバイクが壊れ、壊れざりし息子が今日もママチャリに乗る

送電塔の真下に繁る笹の葉も冬枯れにけり白じろとして

ゆふぐれの富士を見よとて九階の老女の家に導かれたり

しやべり合ふ外面（そとも）のこゑが朝床に早送りテープのやうに聞こえ来（く）

国道沿ひに歩くこと約四十分退屈なれば何も考へず

国道沿ひに二輪の椿、などなくて冬の日ははや暮れゆかむとす

湯の中に芋殻黒くふくらむを「もどる」と言ふか、もどりはせぬを

あきらかに重みをかけて乗つてゐる欅の冬の枝（えだ）に雀が

球根をもち上げてゐる白き根は危ふげもなし台座のごとく

田の白鳥

関東平野どこまでも風どこまでも冬田の上に白鳥がとぶ

田の水の浅きに寄りて一方（ひとかた）へ蕨のやうなり白鳥の首

白鳥のこゑ騒がしく寒風に伝ひくるなりショール巻きても

白鳥を目あてに人の来るゆゑに販売所ありキムチなど置く

「いつまでもこの村にきて」と書いてある杭に羽毛の吹かれてゐたる

冬晴れ

みづからの冬枝の影にまみれつつ舗道の欅すべすべと立つ

夏の日はこのへんに咲くと見返れば咲いてゐる一月の銭葵

人のほかはなべて恋ほしき冬晴れに凍る水車のこぼす光よ

陸橋のたもとのバス停に立つてゐるわたしに向かつて距離をちぢめる

霏霏とふる雪に立たしめ訓辞垂る上官のこゑ陶酔を帯ぶ

夜の砂漠に到着したる兵士らをレンブラントの光が照らす

イラク語を学ぶと言ひてみちのくの兵士のかほは笑みゆるびたり

浅薄な指令に征くとも征く人の接するリアルはかり知れざる

黄の薔薇をいつぽん大事に持つてゐた　昭和二十年の香りつきの造花

「家の光」付録の「料理宝典」に「田螺のカレーライス」あり昭和三十年

二年あまり映らずあり経しこのテレビしだいに深き沼になりゆく

本棚の本のぼり降りする蜘蛛は蜘蛛のおこなひするべくもなし

今日も晴れなる朝の兎の餌入れに節分の豆がまじりてゐたり

夜(よる)の襖を閉めて籠もれば聞こえたりババアゾーンとささやく声が

力わざといふ感じにて鴉鳴く鳴くたび尾羽根を打ちつけながら

中空に落ちてとどまる白き雲　見のかぎりなる冬田のうへに

霜月の或る日のごとく山茶花の紅(こう)かがやきぬ如月半ば

このごろは毛糸の帽子をかぶりゐる青年多しプラットホームに

金網に囲まれてゐる空地には直立つ茎の冬のコスモス

手押しワゴンに凭れつつめぐるスーパーにいろいろのこと考へてをり

陽に暗くにんげんの顔流れ来たりわが居る電車のドアーの前に

冬の梢ほそほそとして曇天にメヒカリの目のやうな日輪

自転車にくだる勢ひに吸ひ込まるる細道暗し竹林の間

いつまでも喋るむすめに背を向けて春の地蔵になりゆくわれか

春浅き夜の会合に入りゆくとクロークの前にブーツを脱いで

いちめんの里芋の葉の大揺れの上をとびゆく蝶のあやふさ

２００４年の桜

笊(ざる)のなかに米傾ける音のするけふの脳かも桜が咲いて

一車輛に乗り合はせたる運命の扉がひらきわれが降りゆく

このあたりカラスがかたまり死にゐしと谷中(やなか)の墓地の一隅(いちぐう)を指す

谷中の墓地の桜を過ぎて寛永寺のヒマラヤ杉に憩ふこころは

座りたるまま葬(はぶ)られし慶喜(よしのぶ)の象(かたち)のごとき土まんぢゆうはも

墓どころに花見の宴をする慣(なら)ひ芸大生が始めしこととぞ

ひろごれる桜の間(あひ)に大いなる橙いろの日がおちてゆく

こは何の集団なるか黒きスーツの若者ばかりの花見の宴(うたげ)

けぶる桜と柳のいろが見えてをり群衆のなかの一人(いちにん)の目に

北の部屋から桜が見える　けふ家を出でゆきし息子の部屋から

若き日に終(つひ)のさくらと仰ぎにしさくらにあらず団地の桜

掘割を流るる桜はなびらに子どもは手をふる金網ごしに

舗道の罅ここに現れ草萌ゆるさみどりのすぢ蛇行するなれ

三月の尽きざるうちに散らむとし花さむざむと散りとどまれる

「長持ちしてますね」といふは桜のことにしてイラクのことに話は移る

歯ブラシをくはへたるままカレンダーのまへに立ちをり瞬間移動し

プラタナスいまだ芽ぶかぬあかるさの舗道にとほく鳩のこゑする

三月より四月が寒く雨降らず物の在りかはなべて不確か

しみじみとしない静けさ　いちめんの芝桜の上にさくら散りぼふ

空中を小さき魚のながれゆく青み帯びたる夢のゆふぐれ

いつしらに回転ドアは速くなり巻きこまれゆく桜もろとも

ふぶきくる桜に向ひ歩きをればわが鳴きしごと鴉が鳴けり

花のいろ葉のいろ花の蘂のいろまじりあふなり今年のさくら

ひらきしは遠きむかしのごとくして芽ぶきたる木の散らしゆく花

斑　鳩

思はざる寒さの雨にさまよへり四月四日の銀座六丁目

見下ろせば地を擦る椿　見上ぐれば撓む電線を離れゆく鳥

欅木に若葉けぶりて吹きわたる朝(あした)の風の寒くうす暗く

包囲さるる人らの中の人質を、人質だけを救出せむとす

区別なく殺さるる人らが区別して戻し来たれり拘束せしを

あれはきつと斑鳩(いかる)といふ鳥草むらにオレンジいろの嘴うごく

青き花

カンナの葉ところどころに出でてをり学芸会の「草」のごとくに

二人子をはじめて二人置きて出でし葬儀の夜の雷(らい)のとどろき

二十歳(はたち)すぎたる娘と息子いまだかも回転ドアといふもの知らず

風呂の蓋とると同時に唄ひ出す息子の声が夜にも朝にも

春となり毛のぬけかはる白うさぎ凹凸のあるかたまりとなる

さくらいろの夕暮れとなり空低くむやみに巡る蝙蝠いくつ

同じ部屋に電話の親機と子機が鳴り手は逡巡す夜の時の間(ま)

仏の座のかたへに咲けばことさらに明るかりけり踊り子草は

地震(なゐ)あれば目覚めてつけるラジオより響動(とよ)もす楽はワーグナーらし

やぐるま草の毳(けば)立つ蕾に青のいろ点(とも)れば青き花の咲くべし

若葉のころ

つばくらめ飛びゐし空に夕ぐれは蝙蝠が飛ぶ少し低処(ひくど)に

互みの毒にあてられながら母と娘おとろへてゆく若葉のころを

糠湯からはみ出してゐる筍に種痘のごときいぼいぼはあり

五月連休二日となりて三日となり四日とならず五日になりぬ

晩春のけはひのあらず寒ざむと木の花零る青き空より

入梅

葉桜の通りを歩きゆくときにふつと明るむ横道あれば

飴いろに凝(こご)れる樹脂(やに)のなつかしく太幹に触(ふ)る梅雨の桜の

太幹は地のごとくして滲みいづる脂(あぶら)に向かふ蟻の一隊

きれぎれに虚空(こくう)にきらめく蜘蛛の糸からだずらせば見えなくなりぬ

葉桜のうちかさなれる見とほしは白き曇りのかがやきを帯ぶ

四本で百円ライターにふるへゐる液体うつくしブルーに透けて

ワープロの部首入力の十一画二四番「鴉」記憶す

「自滅しましたが開き直りました」野球中継は投手のことらし

味噌汁を好みし茂吉好まざりし柴生田稔思ふ曇日

梅雨のあめは風ともなひてベランダの松葉ぼたんの花を濡らしつ

大声でバチアタリとぞ叫びたる娘の夢は思ひみがたし

くらぐらと雫するなる街路樹の欅の幹に苔のさみどり

のびあがり傘の先もて剝がしたり幹にふくらむ苔のみどりを

すべらかな幹は下へとゆるびつつ肉感もちて根のもりあがる

梅雨の日を戻りてわれは指先に柚餅子(ゆべし)にこもる胡桃を押しぬ

今の若きら働きすぎてゐるものを自由すぎると撃つ声已まず

窮乏の一途を辿る必然のわが家思へば即ち眠る

支那服の青年三人(みたり)そのなかに亡き叔父まじる夢の庭園

吹き流されてきたる小鳥を吸ひこみて葉むらは白し怒濤のごとく

ぎこちなく絵本のなかにゐるごとく捥いでは食べてゐる桜桃(さくらんぼ)

さくらんぼ双手に溢れかたはらの梯子をのぼりゆく人やある

柩ある家

くらやみにたださらさらと柿の葉の音のみ聞こゆ柩ある家

葬儀より一週間は見知らざる親族がうつつに最も近し

この柿の木も「精子ちゃん」といふ名前だとみちのく人の尤もらしく

母の母なつよ婆さんのことばかり語られてゐて　母はゐたのか

捨てることに全精力を注ぎ込んで三日、四日と過ぎてゆくなり

埃のなかに拾ひあげたる白秋の『牡丹の木（ぼく）』を読まむとぞする

潮風がすこしまじりてゐるならむ　へくそかづらの花をゆらして

母をらぬ家に居て何も思はざれど帰りきてぼんやり母を思へる

　のちに思はば

くらぐらと降りやまぬ日のいつともなくいづくともなく鳥がさへづる

冷房の風あるらしも線路沿ひのプレハブに這ふ蔓草うごく

仙台駅バスターミナルに幾たびか深沼海岸行きを待ちゐる

見のかぎりの水田なりしか夜のバスは霞目(かすみのめ)すぎ遠見塚すぐ

この夏をのちに思はばただ暑くさるすべりの花ただうつくしく

青柿

関はりの淡あはとして過ぎ来しをふとしも母はこの世にあらず

裁ち鋏四つ五つと残りをり衰へゆきしか母の手力

八十歳の母が乗りゐし自転車のサドルを上げる長くかかりて

なぜかみな青柿のまま落ちてゆく　母亡き家のこの柿の木は

腕

二の腕の痛み数カ月を経(ふ)れば立ち居はかなくなりて来にけり

右腕の痛みが一時(いっとき)消えてをり何のゆゑかとしばし考ふ

一時（いっとき）の希望むなしくわが腕に痛みは戻る主（あるじ）のごとく

うつぶせに寝ることなども願望のひとつとなりぬ夜を覚めやすく

異様なほど明るい声に返事せり腕の痛みに気を取られつつ

はなびらと同じに濃ゆきむらさきの野牡丹の蘂ちぎりて散らす

真っ平

玉すだれ直立つ茎は潔けれど先端かすかにふくらみそむる

そののちを撃たれたる態が映りをり柿の木に実をもぎるゐるところ

めざむれば暗き雨なりベランダの下べの溝を水の流るる

みちのくの十月の空ひろくして区画整理後の道路交差す

均されし空地の土に砂まじりひよろりひよろりとあはれ雑草(あらくさ)

水田でありし宅地は真つ平　焦げいろとなるエノコログサの穂

人あらぬ村

2004年10月23日　中越地震

山間(やまあひ)の養殖池(いけ)にあかあかと鯉のあぎとふ人あらぬ村

もやもやと生あたたかく霜月に入りて被災地に余震のつづく

朝顔の蔓が鋼(はがね)となるころを空気けじめなく霜月に入る

被災地の雨も二日か北窓にいろづきはじむる隠蓑(かくれみの)の葉

「いぬのきもち」といふ月刊誌よむ人のきもち思へばきもちわるくて

日本中八十円切手で行くのかと訊きて息子の電話切れたり

落葉の川

「今日もまた小春日でせう」さらさらと流るる落葉の川を越えゆく

お砂場に少年ひとり自転車のタイヤに砂を積みては飛ばす

山茶花の咲く垣に沿ひ曲がるときいっせいに花のいろが変りぬ

閉ぢかけたドアーに杖を挿し入れ乗り込みきたる老女頌むべし

車酔ひして吊革にすがりつつ少女にもどるこんな時だけ

卓に置く新高梨のさびしさはいびつなるゆゑぐらり、ぐらりと

薄切りの蓮根ににじむ紅生姜　泥のなかよりここに来たりし

踊るといふ身体（からだ）のよろこび知らずして世を去らむこと時どき思ふ

昼間から布団に入る愉しさにまさることさほどあらじと思ふ

五、六冊の歌集一気に読まむとし五、六時間を一気に眠る

睡眠時間と打てば睡眠技官出づわれの眠りを操る人か

やや傾（かし）ぐ鏡の中に大いなる傾きとして夜の障子は

オーブンの鉄板みがいてゐる娘あかとき暗き部屋を灯して

めざまし時計の針うごかせば鳴りひびく音は未来へ飛んでゆきたり

掘割の向うに並ぶ建売の一軒一軒に西日が赤く

パック入り卵このごろ小粒なり鶏（とり）の卵と思へぬほどに

新幹線「ＭＡＸ」一階に見上げゐるプラットホームに羽毛がそよぐ

ユリカモメに餌を撒く手のひらひらと隅田川沿ひマンションの窓

春まで体がもつかどうかと言ふ、微笑みて言ふ雪の屋根の人

陸橋より滴るしづく避（よ）けながら運命を思ふ雪晴れの朝

ケサランパサラン

蜘蛛の糸に吊られゐるらし錐揉みの桜もみぢがときどき止まる

つまみとればつまみとるほど殖えてゆく松葉牡丹の黒き花殻

一点突破のテロなりしかど、そののちを全面展開するはアメリカ

暗みたる画面のいづく矢の刺さる音して新着メッセージ来る

息子からのメールに笑ひの絵文字あり現（うつつ）の笑ひしばらく見てゐず

肉眼の焦点ぼけは落ち着けど眼鏡のずれの耐へがたきかも

さつきから叫んでゐるのは娘ならむあるいは娘の夢のなかの人

娘から観察される物としてこの夜はあり帰り来しより

性（さが）といふ言葉をキャラに置きかへて暗きひびきの払拭さるる

銀杏と南瓜のたねを食べながら「種（たね）の起源」になりゆくごとし

いまごろは爺むさくなりてゐるならむ夜の障子がかすかに震ふ

いかづちの鳴る日に降つてくるといふケサランパサランは野うさぎの毛玉

ぶりぶりと弾んで兎は檻を出づ蛍光灯のひかりの下に

立て膝に顔うつ伏して集中すラップの歌詞をききとらむとし

からだから飛び出るほどの動悸なり鎮めかねてぞ夢を忘るる

消えかかるときにぶつくさ言ふゆゑに灯油ストーヴの旧きを愛す

払はれし枝（え）の切り口はあづき色に塗られて冬の欅は立つも

冬の陽はとほくにありて鶺鴒が魚のごとくに舗道（しきみち）よぎる

雪晴れの日の逆光に前をゆく夫ブリューゲルの農夫の感じ

パソコン通の父親なればしかたなく息子よりそふ共に覗きて

なかほどの平たき蛇が夢に出づわが掃除機とかかはりあるや

電子レンジで温めたものたちまちに冷めてさびしき夕餉となりぬ

齧りあと生なまとしてわが皿にのこりてゐたるセロリの根もと

鳩が鳴き障子に薄く日がさしぬ一時（いっとき）ののち声も日もなし

プテラノドンのやうな雲ゆきゆつくりと首のあたりがほどけゆくかも

密密と冬の欅の梢（うれ）並めて青錆色にひかる夕空

あとがき

二〇〇二年春から二〇〇五年始めごろまでの歌、四六〇首を、ほぼ製作順に収録した。五四歳から五七歳の時期の第七歌集になる。

読み返すと、天気だの植物だの、よくまあ同じようなところを歌っているものだと思うが、あえて削らなかった。こういうものを歌っているときがいちばん楽しい。とはいえ、日本の春夏秋冬の季節感もこのごろ、とみに希薄になってきた。ゆるやかには推移しない。天変地異は増えているし、暑いか寒いかで中間があまりない。昨日は冬で今日は夏、ほど気温が上下する。日々の変化は極端だが、全体を通すと、季節がのっぺりとしてきた感がある。極端でのっぺり、というのは、今の時代の空気でもあり、言語状況でもあるように思う。こういう時代に、だんだん老いていくのもきついが、今は若い人の方が断然きつい。それを思えば、愚痴ってもいられないので、ほそぼそと生活しつつ、あまりのっぺりしないように、歌をつくっていきたいと思う。

いま、五月の最後の日の夕方で、風がここちよく吹きわたっている。

ちょうどこんな日に、近くでありながら見知らぬ空地でなだれるように咲いていた木香薔薇を思い出して、集の名前とした。

前歌集『春疾風』につづいて砂子屋書房の田村雅之氏にお世話になった。あつくお礼申し上げます。

二〇〇六年五月三十一日

花山多佳子

歌論・エッセイ

私の第一歌集『樹の下の椅子』

『樹の下の椅子』を出したのは昭和五十三（一九七八）年、三十歳のときである。「塔」短歌会に入ったのが二十歳のときなので、ちょうど十年目にあたる。

当時、歌集を出すということは念頭にもなかった。「塔」にもあまり作品を出していない時期で、東京にいたが短歌での人間関係はほとんどない。就職や結婚で短歌から遠ざかってしまっていたのである。

歌集を出すことを思い立ったのは私でなく夫である。生まれるはずの子どもを断念せざるを得なかった私はその後の心身の不調で、寝たきりに近い状態に陥った。そのあまりの非生産的なありさまを見かねて、夫が歌集を出せと勧めたのである。気の進まないままに、私は原稿を夫に渡し、夫は自分の会社の印刷所に入稿した。ゲラが出てきたのを見ると、一行組みなのに、長い歌だけ二行になっている。変だから直して、というと、別にいいじゃないか、文句ばかり言うな、と夫は平気である。頭に来て喧嘩してるうちに気力が回復してきた。

出版社を通していないので、装幀も全くなく、奥付にはでっちあげた「橘書房」という名を入れた。つまりは私家版である。それまで私は旧姓の玉城多佳子で歌をつくってきたのだが、作者名を今の花山多佳子に変えた。これは歌集の相談にのってもらった短歌新聞社の及川隆彦さんの勧めによる。玉城徹の娘とわかる名前で出すのは賛成できない、というのであった。「花山」は実名だが、名前だけは華やかになった。

跋文は「塔」の師である高安国世氏に書いていただいた。歌集の相談もせず、いきなりのお願いだったように記憶している。にもかかわらず、真心のこもったすばらしい文章をいただいた。この跋あって歌集の体裁を為したのだと思う。

高安国世氏はこの跋文の初めに「京都の大学にい

たころ私の許をたずねて来たのだが、その前に学生運動に何ほどか関わりを持ったらしいことも、この歌集に散見する作品を通じて知るのみである。私の「あとがき」には「京都での大学在学中、寮生活から下宿に移った頃、唐突に短歌をつくり始めた。ほとんど同時的に塔に入会した。唐突に、というのは、それまで短歌に関心を持ったことがなく、読むことすらなかったからである」とある。

同志社大学に入学したのは一九六六年、大学闘争がしだいに盛んになるころである。東京の祖父母は、下宿では心配だというので寮に入るのを条件に京都の大学入学を許可した。ところが寮は学生運動の巣窟だったのである。当時、大学闘争は、大学共同体理念の下に、大学の自治権獲得をめざしていたが、同様に寮にあっては寮共同体理念の下に寮の自治を求める闘争が続いていた。百人が住む女子寮なので、自治運営はたいへんなのである。寮に入ってからというもの、会議、会議、団交ときどきデモという生活に明け暮れ、眠るとき以外は友達と過ごしている。高校までは、孤独な読書家?だったのに、大学に入ってからはろくに本も読まなくなった。でも、生まれて初めて家もとを離れて、他人との共同生活で緊張し、また解放的にもなっていきいきとしたのも事実である。

口論の後　刃を入れられし果物のかたえに窓を開け放つかな

昏見えず抽象的なことばかり言う声ひびく闇を怖れつ

ドア開けてなじりたるとき編棒を動かし止まぬ横顔が見ゆ

語り合いし未来のように手より落ちにおいなつかし饐えし果実は

寮生活での歌は何首か、後につくって歌集に収録している。特に寮とはわからない抽象的な歌ばかりだが、自分では、友達が生活のすべてであった日々がたちどころに甦ってくる。
二年を過ぎるとさすがに闘争の明け暮れが耐えがたくなり、寮を出て大徳寺のすぐそばの下宿に移った。そうなると独りが身に沁みて感傷的になり、ふと短歌を読んだり、つくったりし始めたのである。
京都にある結社を調べて北白川の「塔」発行所を訪れると、そこは高安国世氏の自宅であった。「塔」に入る前にまず学生短歌会に行ってみたらいい、ということで参加するようになったのが京大短歌会である。そこで永田和宏さんほかの仲間に出会い、「塔」にも入会し、いっしょに校正や編集にも関わることとなる。一九六八年のことである。
翌一九六九年、河野裕子さんが角川短歌賞を受賞した。永田和宏さんの彼女ということで「塔」でも話題になっていて、角川の「短歌」を買って読んでみた。これが、短歌総合誌を読むようになった初めではなかったかと思う。
「幻想派」という同人誌が、河野裕子の受賞作「桜花の記憶」の批評会をするというので、私も誘われて出席した。そこで初めて河野裕子さんに出会い交流も始まったのである。
「幻想派」は当時、東京の同人誌「反措定（はんそてい）」と並び称される注目の学生同人誌だったらしいが、短歌を始めたばかりの私には何の把握もなかった。同人になったのかどうかも定かでないのだが、一九七〇年の「幻想派」五号には私も十首を載せている。そのうち七首が『樹の下の椅子』に入っている。
この「幻想派」五号には「美とは何か■『感幻楽（ママ）』をめぐるディスカッション」なる討論の記録が収録されている。これは一九六九年に出版された塚本邦雄の第六歌集『感幻樂』についての討論会で、私はこれにも参加した。「幻想派」は塚本邦雄の影響を強く受けていた。同人の永田和宏さんも例外ではなく、塚本邦雄を読むように熱心に勧める。それで『感幻樂』を買ったのだった。しかし塚本邦雄の歌は私にはよくわからず、この討論会に至っては発言がみなちんぷんかんぷんで閉口したのを憶えている。何について何が語られているのかすらわからなかった。

短歌をつくってみようと思ったときの短歌のイメージは、記憶の中の啄木や白秋であった。中学のころから詩は読んだり書いたりしていたので、それとは異なるなつかしさを短歌には求めていたふしがある。現代短歌の歴史や状況が全く呑み込めていなかったのである。短歌も他のジャンルと同様に、こういう観念世界になっているのか、とかなりショックだった。

けれども、周囲の作品を見るかぎり、一方では前衛的な難解な歌もあふれつつ、一方では身近な河野裕子とか永田和宏の歌などは難解な感じはしない。

一九六八年に出版された小野茂樹の『羊雲離散』もそうで、これは愛読した。短歌に関係ない学生友達にいくつも暗唱してみせて驚かれたのを憶えているので、相当のファンだったのではないかと思う。しかし小野茂樹には愛唱されやすい歌もあるが、むしろ内面性のひだを湛えるこまやかで複雑な文体を持っていて、その俯きがちなところに、より惹かれていたように思う。のちに『処女歌集の風景』（ながらみ書房）の中で『樹の下の椅子』について「静かな気息で芯の強い歌をつくった小野茂樹のイメージを、私は花山に重ねたりする」と書かれていて、驚くと同時にうれしかった。「S」と署名があるのは三枝昻之さんであったらしい。自分では意識していなかったが、かなり影響はあったような気がするのである。

歌集はまだ出ていなかったが、村木道彦も流行っていて、どこで読んだのか、やはりとても好きだった。河野裕子だけでなく、当時の同時代の歌人の歌には、文語基調の中に口語調が混じってきていて、どこかライトになりつつある時代だった。そんな時代の空気が『樹の下の椅子』にも確かにある。

こうした同時代の歌の摂取とともに「塔」はアララギ系であるし佐藤佐太郎や斎藤茂吉も読み、それぞれ傾倒した時期があった。これがせいぜい二年間のことだったとはふしぎなほどである。

卒業後八年も経って出した歌集だが、学生時代の産物という思いが強い。そして、出したことで私はまたかろうじて短歌を続けて行くことができたのだと思う。

（「NHK短歌」二〇一五年一月号）

八角堂だより

「新かな旧かな」(1)

昨年（二〇〇八年）の「塔」六月号で「新かな旧かな」という特集を組んだが、この企画を考えた動機について、ちょっと触れておきたい。

「塔」がかつて新かな遣いに統一されていたことは知らなかった人も多いと思う。また、「塔」発足当時の二年間はまだ旧かな遣いに統一されていたことも。新かな遣いが制定されたのは昭和二十一年。「塔」の創刊はその八年後だが、まだ旧かなの方に統一されていたわけである。そして昭和三十一年に新かな遣いに統一された。旧かな世代で、旧かなで作歌していた人たちが、どう受けとめたのか、それをリアルに知りたい、というのが、企画の動機の一つだった。

古賀泰子さんは新かなでつくることを「嫌で仕方

がなかった」と書いておられる。けれど当時「多くの結社が旧かなを使っているのに『塔』は新かなの作品を作るのだ、やはり新しいのだという変な理屈をつけて」「よろこびのような気持もだんだんに湧いてきた」という。

澤辺元一さんも当時の状況について「昭和三十一年ころの歌壇ではまだ旧仮名を使用した作品が圧倒的に多かった。比較的少数の新鋭歌人の集団（たとえば「未来」）が新仮名採用に踏み出したときであったと思う」として高安発言の「先見性」を述べている。

まだ短歌では旧かなが一般的な中で、新かなも認める、ではなく、新かなに統一、ということが大英断に思われ、不馴れ感や抵抗感もむしろ、新しい発想の短歌への期待につながったのだろう。

「未来」のアンケートを見ると「一九五五年（昭和三〇年）近藤芳美が朝日歌壇選者になった折の新仮名表記統一に習い『未来』も同年十月号より新仮名統一となった」とある。この翌年の三月に「塔」の発令となったわけである。当然、近藤芳美と理念を共にしようとする現れでもあり、また「朝日新聞」という戦後知識人を象徴するメディアの歌壇が新かなに統一したという時代の流れを読んだということでもあろう。新かな制定から十年目の三十一年は、新かなの統制がまさに貫徹された時期でもあるのだ。

同時に昭和三〇年から福田恒存の、新かな遣いを含む国語改革への批判も開始される。三十五年には『私の國語教室』が出版されている。非常に説得力のあるもので、当時、衝撃だったと言われているが、新かなを標榜した歌人はどう受け止めたのか、このあたりも知りたい。高安国世の「発音どおりに書く標音（表音?）文字の建前からすれば、現代仮名の方が自然である」という考え自体が、否定されているわけである。こうした綿密な批判があってもなお、時代の趨勢、改革の理念の方が強く作用していたということになろうか。

（塔2009・2）

新かな旧かな(2)

前回、昭和三十五年に出た福田恒存の『私の國語教室』における新かな表記批判に対して、「塔」を新かな表記に統一した高安国世は、どう考えていたか知りたい、と書いた。

そうしたら松村正直さんが「ありましたよ」とコピーを送ってくださった。それは昭和三十六年の角川「短歌」九月号の「特集　現代かなづかいと短歌」の中の「その使用と発想の関係」という高安国世の一文である。

その一文に触れる前に、この特集はかなり大々的なもので、当時、仮名遣いの問題がいかにクローズアップされていたかがわかるものであることを言っておきたい。この特集の一年前から、「短歌」ではかなづかい問題を継続して論議してきており、そのまとめとして、この特集は組まれている。やはり福田恒存の『私の國語教室』の反響の大きさも無視できなかったのだろう。戦後の国語問題が再検討される気運が高まってきていた時期で、安保闘争の時期とも一致している。

しかし、特集全体の印象は『私の國語教室』に説得される傾向は見られないのが意外だった。冒頭の二人の学者の論調は、あきらかに新かなの推進者のもので、文語はては短歌まで現代にそぐわないものとして、短歌を「保存芸術」とする、または口語短歌をめざすべし、というような立場である。他の二人の学者は、無理な統一をすべきでないというような穏当なもの。歌人では木俣修、若手の春日井建が旧かな派、高安国世、森川平八、藤田武が、新かなに意義を見出す方向で書いている。

またこの特集では座談会もあって、篠弘の司会で、玉城徹、島田修二、吉田漱、それに朝日新聞用語課の人をまじえて語り合っていて、実におもしろい。ここでも、新かな否定は玉城徹だけで、大勢は複雑ながらも支持しているといっていい。むしろ国語政策批判が巻き起こってきたことへの、バランスをとった特集であった印象が強いのである。

で、高安国世の一文である。部分的な引用はしにくいが、ところどころ引いてみる。

「むしろ新カナ使用によって、文語的発想や表現に代る新しい発想や表現を生み出す一つの機縁にもなるのではなかろうか、というのがぼくたちの考え方であった。最近国語・国字問題がやかましく論じられるようになり、ぼくたちももう一度、新カナの問題や、漢字の問題を虚心に考えてみる必要に迫られている」「現代という時代を考えてみると、人間の意識も、言葉に対する感覚も急速に変わって行く面があると思う。そのときに古典的な文化感覚と言葉だけでは、日常の生活感覚とのズレはひどく、十分の機能を果たし得ないのではないか」「それに伝統というものも固定したものではない」「口語的なものが直接間接に入って来ている歌は、新カナの方がむしろ自然に読めると言えないだろうか」

（塔2009・10）

新かな旧かな(3)

前回、新かなを標榜する高安国世の文章を紹介した。おおまかに三点ほどの理由があげられているが、最もかんじんな主張は左記のことであろう。

●新カナ使用によって、文語的発想や表現に代る新しい発想や表現を生み出す一つの機縁になる。

ここでは、仮名遣いを変えることによって、発想や表現が変わってくる、という期待があることがわかる。実際は散文も会話文もみな旧かなであったわけで、旧かなが文語的発想や表現とイコールというわけではない。仮名遣いを変えることによって、そこから何かが変わっていく、というのは幻想のように思える。

ただ、文語定型である短歌は、文語と旧かなが一体になっているから、旧かなでしか表記できないような言葉が減少するのではないか。すぐ浮かぶものでは「思ほゆ」とか。また新かなでは嫌だと思う言葉は漢字にするから、一首に漢字が多くなるのではないか。「あじさい」は「紫陽花」とか。つまり、即、変化するとしたら、①古語が減る。②漢字が増える。というくらいの予測はつく。そうして次第に従来の文語が変わっていくと。しかし、その予想はかなりはずれた。

高安国世が新かなに変えた歌集は、昭和三十二年出版の第五歌集『砂の上の卓』である。その前の旧かなの歌集『夜の青葉に』よりも、前半は文語調の印象があるくらいだし、

わが歩む背後より来て鈴懸の路樹遠々に吹きてゆく風

むすぼおる心に堪えてわが童女に伴い午後のプールにきたる

幼子の霊まつることもせず過ぎき野分だつ頃となれば思ほゆ

二人斯く笑い合いつつ夜の部屋にたわやすく妻の眼に出ずる涙

人のため働くきおい無くなりし妻をしばらく思い居たりし

などの歌があるのには拍子抜けがしたのである。「遠どほし」は古語であるから「遠々」に「とおどお」とルビをふるのは抵抗がある。「むすぼおる」も。「思ほゆ」は旧かなのままである。「たはやすく」を「たわやすく」もやはり気になる。「きおい」は「きほ

ひ」だとわかるまで、ちょっと時間がかかる。
こういう古語は新かなで書くくらいなら、他の表現にしても良かったはずである。それが、新かなに変える意味ではなかったか。「思ほゆ」だけは旧かなにしているのも解せない。
しかし『砂の上の卓』の後半になってくると、作風がかなり変ってくる。

甲板にのたうつ鮫の脳天を打ちまくりゆく畫面音なし
一日に毛並きたなくなりながらストーヴの前に睡る病む犬
ひたひたと冬土を駆けてくる音も我ひとりきく暁ごとに

ここでは、旧かなか新かなかは不明であり、口語的で文体もきびきびしている。これはやはり新かなに変えたことが作用しているのだろうか。

（塔２０１０・６）

新かな旧かな⑷

森岡貞香といえば旧かなが最も似合う歌人であろう。似合うというより、旧かなしか考えられないというべきか。
ところが意外にも、新かなを遣っていた時期があるのを、雑誌の初出を当っていて発見した。今「短歌現代」で「森岡貞香の秀歌」という連載を書いていて、そこでも少し触れたのだが、昭和三十二年から三十三年ころまでの、ごく短い一時期である。この間「短歌」「短歌研究」などでの発表はみな新かなになっている。
歌集でいうと第三歌集『甃』の前半に当る。『甃』は昭和三十九年に出版されているが、そこではすでに旧かなに統一されている。新かなで発表した歌も直されているのである。「後記」には表記に関することは何も触れられていない。
「朝日歌壇」が新かなに統一され、近藤芳美、高安国世、岡井隆、馬場あき子などが新かな遣いにしたのが昭和三十年、森岡はそれよりだいぶ遅い三十二年に新かな遣いを始めたわけである。しばらく試みるつもりだったのか、これからは新かなにしようと決意したのか、それは不明である。
その三十二年四月号「短歌」は「都市」というタイトルの三十二首で、一首目は

階上のブラインドに陽が當りおり街路より見
て入りゆくわれは

である。歌集『甃』では冒頭から四首目にあたり、ドキュメントふうで、切れの良さの目立つ歌である。これが新かなに変えた初めての歌であるとすれば、それによって、表現を変えていこうという感じがあったようにも見える。
でも、この「都市」、実は都市での恋愛の思いのせつなく漂う一連なのである。

われの見ぬその部屋よあなたは夜ねむるふし
ぎになりて涙のにじむ
タイツ洗いてやさしき感じ冬沼に渡り来し白
鳥思いなどして

といった、可憐なたおやかな歌が多い。旧かなに慣れた人が、ここで変えようとするか、という気がしないでもない。むろん、表記は作風とは別のことではあるが、表記の慣れということでいえば、表記を変えることは、実作の上で抵抗を生じるわけだ。
ところで同じ三十二年の「短歌研究」八月号では、森岡は「北京」三十五首を発表している。訪中団に加わって二ヶ月旅行した折りの連作である。

もつこになう労働者群より黄の埃吹き上げて
おり崇文門あり
城壁に沿いて掘りおり大溝のなかしずかにて

人等働く
れんぎょうの咲ける黄の濃さ　若き人影　城門外に出ることありて

ここでは、新かなを積極的に選んだような印象の作品群が並ぶ。『甃』では、これらも旧かなに直してあるわけだが、一度新かなで読んだあとだと、目につゝいたりする。原作の方がきびきび感はある。しかも「れんぎよう」は旧かなだと「れんげう」なのに、これは直していない。

日本語の表記は実に悩ましい。（塔２０１１・３）

新かな旧かな(5)

去年の十月に詩歌文学館で「詩歌のかな遣い――『旧かな』の魅力」というシンポジウムが開催された。私は行かれなかったのだが、先日、篠弘さんから、記録をまとめた冊子をいただいた。

シンポジウムは篠弘の司会で、松浦寿輝（詩人）、武藤康史（評論家）、小川軽舟（俳人）、永田和宏（歌人）というメンバーで、縦横にラフに旧かなの魅力を語り合っている。聞きに行った方もおられるだろう。とてもおもしろい。

その中で「いる」と「ゐる」の表記について、話題が盛り上がっていて、私も関心あるところなので興味深かった。「言ひゐき」「見をり」が新かなだと「言いいき」「見おり」になってしまう違和感。同時に、口語脈での「ゐる」の視覚的魅力の話。たとえ

ば松浦があげた吉原幸子の詩の『ああ　こんなよる
　立つてゐるのね　木』の『ゐる』というところが
とてもかわいくて魅力的」という発言。篠のあげる
山崎方代の、口語文体の歌の「こほろぎが御膳の中
に住みついて穴からひげをのぞかせてゐる」の「ゐ
る」の嚙みしめているような感じ。そして永田が、
旧かなにしたときさっそくつくってみたという「泣
いてゐたのは知つてゐるぜとついてきて畳にこぼれ
てゐるゐのこづち」。「ゐを四回も使って喜んでいる
わけです。いかにも初々しい旧かなデビューでしょ」
と語る。

　なるほどと思ったのは、従来の和歌では「ゐる」
という言葉はほとんど使われないからだ。「ゐ」とい
う字、がまず出てこない。「くれなゐ」「かもゐ」と
名詞はたまに出るくらい。明治に入ってもあまり無
く、子規にはあるがたいてい「居る」と漢字を使う。
ここで際立って「ゐ」が出てくるのが斎藤茂吉の『赤
光』である。

　屋根踏みて居ればかなしもすぐ下の店に卵を
　数へゐる見ゆ

　たたかひは上海に起り居たりけり鳳仙花紅く
　散りゐたりけり

と「ゐ」のオンパレードなのである。和歌を読み慣
れている人には、さぞ異様に見えたに違いない。「数
へゐる」「ゐたりけり」など、和歌用法に無いと思う。
万葉集には例えば

　巻向の穴師の山に雲居つつ雨は降れども濡れ
　つつぞ来し

　みさご居る洲に居る舟の漕ぎ出なばうら恋し
　けむ後は逢ひぬとも

などがある。茂吉は当然、万葉集から摂取したのだ
ろうが、その際、文語でも一首全体が口語脈っぽく
なっていて、そこに「ゐる」が呼び込まれて妙なイ
ンパクトになっている。

万葉集では「居」とむろん漢字であるし、また「雲居」という言葉にあるように、そこに静止して動かない存在という意味がもともと在った。茂吉の「居」と「ゐ」の書き分けには、何かそういうことが意識されているだろうか。

「ゐる」はむしろ口語脈の中で、旧かな表記が積極的に遣われてきた言葉なのだろう。言葉の表記の落差、視覚のインパクトはつねに刺激だったのである。

（塔２０１１・12）

新かな旧かな(6)

永田和宏著『歌に私は泣くだらう』が届いたばかりだが、このタイトルの「だらう」をつくづく眺めてしまった。現在散文の本のタイトルが旧かな、というのは珍しいというか、皆無に近いのではないか。短歌の引用とわかっている私たちはともかく、一般の人がぱっと見て、あれ、これは何だらう、と異様の感をおぼえるかもしれない。

短歌をやっていても、文語イコール旧かな、口語イコール新かな、だと漠然と思っている人も多いので、このタイトルで、その誤解もふっとぶだろう。

ところで「だろう」を広辞苑で引くと、「（指定の助動詞ダの未然形ダロに推量の助動詞ウの付いたもの）体言、用言の終止形、助詞『の』をうけて推量を表す。」と出る。何のことだか、ちんぷんかんぷん。私はずっと「であらむ」が「だらむ」「だらう」と変化してきたと思っていたのだが。「未然形ダロ」というのが、よくわからない。この説明だと「だらう」になるべき根拠が示されていないやうな。

よく「だろ」と会話で言うが、「だら」と言うのは、どこの方言だったかしら。「そうだら」とか、面白く聞いていたがこのほうは古語だったのだ、といまさら思い当る。

「僕は旧かなっていうのは意外と口語、しかも話し言葉に相性がいいと思っているんですよ」というのは、前回にも書いた詩歌文学館の仮名遣いのシンポジウムでの永田氏の発言。案外にマッチする、という感覚は、どのくらいの人が共有するのだろう。

というのは、かつて口語で旧かなを遣うときに、抵抗がある表記の代表としてよくあげられるのが「だらう」だったような記憶があるからだ。目立ちすぎて、さりげなくないと。当時は私もその感覚があって、「だらう」は背筋がむず痒いような気がした。旧かなを遣うようになってからは、そういう抵抗感もなくなりつつある。

戦前は目立ちすぎも何もなく、会話でも何でも旧かなで書き、読んでいたわけだから、マッチすると思うのも、違和感を持つのも、旧かなに慣れていない世代の意識なのであろう。

蒸し返すようだが、逆に戦後、新かなにしたときの感覚、特に文語の歌を新かなで書く感覚はどうだったのか。案外マッチする、と思ったり、抵抗感の刺激を味わったりしていたのかどうか。新かなの是非というような本質論はさておき、表記を変えるということは単に我慢したり理念に殉ずるだけではなかっただろう。

前に高安国世の当時の歌を上げた。岡井隆のはじめての新かなの歌集『斉唱』から上げてみる。

ただ一度となりたる会いも父のへに小さくなりて答えいしのみ

抱くとき髪に湿りののこりいて美しかりし野の雨を言う

「会い」「答えいし」「のこりいて」「言う」あたりを書くときの抵抗感を、案外に愉しんでいたのかもしれない。

（塔2012・9）

新かな旧かな(7)

「短歌」昭和四十一年九月号では、かな遣い、表記の特集が組まれている。その中の一つに西尾昭男「新短歌における表記の問題」がある。西尾昭男といえば、かつて高安先生とともに京大短歌会の顧問をされていて、私も歌会で何度かお会いしている。昭和四十四年ころである。先生なのだが、永田さんはじめ「西尾さん」と呼んでいて、京大のお部屋にうかがって親しく談笑したりしたものだ。とても温厚な方だった。

評論は自由律短歌の変遷と表記がテーマだが、その中で定型短歌に触れた部分に注目した。朝日歌壇の新年吟詠を取り上げ、

眼底に鈍くたたうる光あり今ひらめきてわれを占めんとす　五島美代子

無名者の幾億の意志が今支う平和なりありありとわが手に支う　近藤芳美

『たたうる』は『たたふる』であり『支う』は『支ふ』である。現代かなづかいは口語体に適用するという方針を確認するべきである。文語に現代かなづかいを使うと文語の正式の発言のならわしと表記との矛盾が生じてくる。しかも口語発想と表音的表記との短歌への流入を防ぎ切れるもので

はない。文語を固守することが表記上の盲点と見受けられるので、文語への必然性はさらに希薄となる。……現代かなづかいに密着していることばが口語であることを認識して良い現状になっているのではないか。」

というのである。むろん、文語＝旧かな、口語＝新かな、ではない。前回も触れたように、口語の旧かなづかいが魅力！という発想もありだ。西尾論は自由律の立場ゆえ、と流してしまえばそれまでだが、どうももやもやする。

「たたうる」「支う」は文語なので新かなを遣うなら「たたえる」「支える」と言うべきというのは感覚的に納得できる。「思う」はどっちも同じで、こういう動詞も多いから、いちいち分けるのも無理はある。しかし「考う」は「考ふ」とどうしても書きたい。「出づ」は例外的に旧かなが認められるというのも、新かなで書きにくいからだ。「出づ」を「出る」にもなかなかしにくい。

「思ほゆ」「あづさゆみ」のように古語は「思おゆ」「あずさゆみ」とは書けない。「あふみ」は淡い海が原義だから「おうみ」とは書けない。こういう歌語を排除してゆくために新かなづかいはあった。現代の言葉で現代の歌を、ということだったからである。「私たちの生活の中の言語と絶たれて、どこに一民族の詩歌というものがあろうか。」この特集の中で新かなを選んだ理由を近藤芳美がこう高らかに述べている。

では「思ほゆ」と「支ふ」は違うのか。西尾の言うように文語はどんどん排除しないと新かなでは不自然になる。結果、そうはならず、逆に多くの言葉を使えるように、みな旧かなに復帰したのである。

文語・口語とかな遣いは関係ありません、と説明しつつ、内心は動揺する日々なのである。

（塔２０１３・６）

茂吉の食の歌
——『ともしび』『小園』より

斎藤茂吉には「食べる」歌が並はずれて多い。おおざっぱに数えたところでも『赤光』8、『あらたま』12、『つゆじも』10、『遠遊』8、『遍歴』20、『ともしび』25、『たかはら』15、『連山』6、『石泉』11、『白桃』10、『暁紅』7、『寒雲』7、『のぼり路』4、『霜』16、『小園』31、『白き山』20、『つきかげ』41、という数にのぼる。見落としもあるので正確にはもっと多いだろう。

一般に歌集には食の歌というのは少なくて、せいぜい数首、皆無なものも多い。あっても酒の肴とか、グルメっぽいものだったり、そのときの気分を表すアイテムとして詠まれがちだ。茂吉のように食べること自体に渾身の集中をもって詠んだ歌人は稀有であろう。

全歌集の中でも目立って「食べる」歌が多いのが『ともしび』『小園』『つきかげ』である。『ともしび』は三年余にわたるヨーロッパ留学から帰国した時期の歌集だから、日本の食べ物をしみじみと味わうことが多かったようだ。

しかし何といっても『ともしび』で印象的なのは帰国して、全焼した青山脳病院の焼けあとに帰ったときの歌である。

やけのこれる家に家族があひよりて納豆餅くひにけり

かへりこし家にあかつきのちやぶ台に火焔の香する沢庵を食む

一首目の歌は「家族があひよりて」がごくめずらしく感じられる。茂吉の食べる歌には総じて家族が登場せず、孤食のおもむきがあるからだ。ひとりで食べるのは好きだったようで、留学中もドイツで採った蕨を、他の留学生に分けず「ひとり貪り食った」

というエッセイもある。大病院では団欒にもあまり恵まれてはいなかったのが、焼けて初めて「あひよりて」という次第になった。それで茂吉が好きな納豆餅などをみんなも食べている。その非常時の様が「くひにけり」というぶっきらぼうな字足らずによく出ていると思うのである。

二首目は「火焔の香する沢庵」がすばらしい表現で有名。柴生田稔の『続斎藤茂吉伝』では、アララギに発表当時「ほのほの」が「ほのぼの」と誤植され「ほのぼの香する」として批評されたこと、茂吉が訂正したあとも、「ほのぼの」のほうがましである、と不評な歌だったことが書かれている。ふつうなら「ちゃぶ台」「沢庵」という語彙はいかにも「ほのぼの」である。そこに「火焔」を挿入して、常ならぬ香を表出したところこそ、この歌のすごさであろうに。

話が逸れるのだが「納豆餅」の歌の次に「やけあとのまづしきいへに朝々(あさあさ)に生きのこり啼くにはとりのこゑ」という歌がある。この生き残ったにわとりについては『念珠集』の中の「牡雞の記」にくわしい。最後に残った一羽の牡が鼬に殺されて、それを潰して家族で食べるところで終わる随筆である。この食べるさまがごく印象的なのであるが、この場面の歌は『ともしび』にない。「きその夜に叫びもあげず牡鶏は何かの獣に殺されてをり」とあるのみである。

茂吉なら詠みそうな気もするし、茂吉だから詠まないという気もする。食の歌がこんなにあるからこそ、眺めていると、詠まれていないものが気になってくる。

肉はごく少ない。外国ではたまに登場するが、東京でだって洋食で食べているだろうに鰻ばかり。まあ詠まれる食材そのものが限られていて、味噌汁、納豆、蕨、魚、蕎麦、餅、米くらいだから、肉がないのに何のふしぎもない。ないのだが「肉食」を詠むことには抵抗感があったのかもしれない。『念珠集』の「痰」に「父は三山や蔵王山あたりを信心して一生四足を食わずにしまった」とある。村人も飢饉でやむを得ず獣肉や家畜を食った、と「かてもの」にある。茂吉にも、その信心は受け継がれているのではなかろうか。満十四歳でひとり上京して養子になったからこそ、自分の出どころへの頑固なほどの拘りがあったように思われる。「食」は単に嗜好の問題ではなかった。

『小園』での食の歌の多さは戦時下という時代が大きい。すでに昭和十六、七年の『霜』のあたりから戦時の食糧事情の具体が垣間見えるのであるが、食を通して戦争の深まりが如実に伝わってくるのは茂吉ならではである。

大きなる時にあたりて朝よひの玄米(くろごめ)の飯(いひ)も押しいただかむ
麦の飯(いひ)日ごとに食めばみちのくに我をはぐくみし母しおもほゆ　『小園』

『小園』は昭和十八年の新春のこうした歌から始まる。「大きなる時にあたりて」つつましくあらねばという殊勝な歌い上げである。白飯など食べられなかった幼少のころも、むしろなつかしくよみがえるのだろう。郷里の飢饉のことを「かてもの」(『念珠集』)で詳細に記した茂吉であるから、食の乏しさについては「恣(ほしきまま)にてわれあるべしや」という思いは強かっただろう。

にもかかわらず、というか、しだいに情けなくなってくる心理の推移が伝わってくるのがおもしろい。根っからの食いしん坊なのである。

開帳のごとき光景に街上の鰻食堂けふひらきあり　神田にて

鰻食堂がひらいているのを秘仏のご開帳にたとえるなんて、とびっくりして笑えてしまう。きっと入って鰻を拝んだに違いない。いわゆる価値基準を度外視しているが、人の腑に落ちてくる真実味がある。教養人であるより前に、庶民感情が息づいている。

南瓜(たうなす)を猫の食ふこそあはれなれ大きたたかひここに及びつ

昭和十九年に入つての歌。あろうことか、猫が南瓜を食った。それをもってして、大き戦いの様相が表現される。「ここに及びつ」は、もう世も末だ、という感じだろう。当時だと、相当問題な歌ではなかろうか。茂吉にすれば、猫ごときではなく、そのあわれはかりそめのものではないのである。戦時の歌として記憶されていい名歌と私は思う。

少しばかり隠して持てる氷砂糖も爆撃にあはば燃えてちり飛べ

ちゃんと氷砂糖を隠しもっていたのだ。空襲も激しくなっている。「爆撃にあはば」から普通は「ちり飛ばむ」と推量になるところ、とつぜん「ちり飛べ」と命令形になる。やぶれかぶれの口走りの感がある。この心理がリアルだ。

これまでに吾に食(く)はれし鰻(うなぎ)らは仏(ほとけ)になりてかがよふらむか

鰻が仏になるという発想はとうてい及びもつかない。しかも「かがよふ」などとは。自分も空襲でいつ命を失うかもしれないという心境になって、自分に食われた鰻を思うのである。死んだ茂吉の体から鰻らが仏になって立ちのぼるようなイメージが浮かぶ。おかしみも誘われつつ、食というものの根源を思わせられるのである。

のがれ来て一時間(いちじかん)にもなりたるか壕(がう)のなかにて銀杏(ぎんなん)を食む

昭和二十年に入ったときの歌。壕のなかで銀杏をぽつりぽつりと食べている老人。なんとさびしい歌だろう。この年の四月、茂吉はようやく疎開に踏み切ったのであった。

歌人論

おかしみ、悲しみ
――歌集『春疾風』評

小池　光

子供の歌が多い。歌集に主人公という者を求めるとすれば、ふつうは作者その人が主人公だが、この歌集では彼等が主人公のようにさえみえる。どの歌もおもしろい。

〈柿死ね〉と言ってデッサンの鉛筆を放りだしたり娘は
少しづつすこしづつ襖を閉めながら娘はしやべる隣室のわれに
振り返り見れば夜道にわがむすめ携帯電話に凭りかかるやう

まず美大志望の姉の方だが、練習に柿の実をデッサンしてたのだろう。それが思うように描けない。それで「柿死ね」と悪態ついて鉛筆を放り投げてしまった。「柿死ね」が端的ではちゃめちゃで実に精彩ある。結句が極端な字足らずでいかにもぶん投げたようになっていて、しかし計算を感じさせない。

次はまるで修学旅行みたいで、しかも襖一枚で隔てられてるだけだから、いかにも部屋は狭い。襖といい修学旅行といい、懐かしき「貧」がにおうのである。三番目はあんなちっぽけな機械にすがりつくような心身の様子がリアルかつなみだぐましい。

足のゆび骨折したる少年はよろこんでゐるルーズソックス履いて
いつの間に塗りしか真青なテーブルが出現したり息子の部屋に
息子の声きこえるのみに幾人かゐるらし部屋をうごく気配す

こちらは高校生の弟。骨折して「よろこんでゐる」ってのが本当にそんなもんだなあと思わせる。珍しい体験に遭遇してうきうきしてる。お姉ちゃんのルーズソックスをギプスの足に履かせて得意満面である。

突如出現した悪趣味の極みの青テーブルも見方によっては青の時代のピカソ風でおもしろい。三番目は見方によってはおそろしい場面で、三田佳子邸のような大邸宅ならさもありなんだが、作者の住むところは公団団地のはずだから、圧迫感はものすごかろう。しかし作者はそれを圧迫ともぶきみとも感じてないところがいいところだ。

こういう歌は母と思春期の子供らの歌で、家族詠という分類に入る。しかしその言葉はどうもここではしっくりしない。既視感いっぱいのそれとは何かが違っている。何が違ったのだろう。私は、それは「母親」という意識の差と受け取った。かんたんにいえばこの作者は「母親」という意識にないのだ。言葉としては息子であり、娘である。呼びかけとしてオ母サンである。しかしそれはただの名詞であり呼称の符号であり、意識としての「母親」でない。

「母親」という意識がまず立てば、デッサンの鉛筆を放り投げる娘に注意する。注意しなくても嘆くらいはする。柿に死ねなんていうもんじゃありません、とかいう。骨折してよろこぶなんておまえは馬鹿か、とかいう。友達を家に呼ぶときは挨拶させろとかいう。そこまで強く出られなくなっていても内心は嘆く。その嘆きが歌になる。これが家族詠の構造というものである。ところがこの作者はどうもそうでない。「母親」という意識につかまってないので嘆きようがないのである。そこが青ペンキ塗りたくったテーブル同様、既視感いっぱいの光景と別ののが出現する理由であるまいか。

「母親」という意識がなくなれば「家族」という意識もなくなる。「家族」という意識がなければ「家庭」はない。これを家庭の崩壊というべきか。いいようによってはそういってもいい。しかし、家庭が崩壊してここはガレキの山しか残ってないのかというとぜんぜんそうじゃない。意識というオバケが付随しなくなって、原初的なというか本能的なというか、いわばキツネの親子が狭苦しい巣穴にじゃれあいながら、いがみ合いつつ尻っぽ噛んだり、餌を分けあって食ったり、寒さ除けに互いの体温を求めあったりして生きる、そういう類的存在としてのイノチのありようが生々しく感じられる。それがこの歌集のいちばんの手柄と思う。

うぐひすのこゑききながら筍は竹にならむと
細りゆくかも
青嵐ふく夕まぐれ路地の口より鮫のあたまが
出かかつてゐる
見るものも特になければもう少しこつちにお
いで白い鼻の大鶺

こういう系列の歌はまた別で一種の奇想である。奇想ということを私はさいきんとても大切に思うようになった。発想に「奇」の気配がない作物にはしょせん限界がある。筍がうぐいすの声を聞くというのが「奇」であるし、さらに竹に「細りゆく」がそうである。二番目はわからん歌だが奇中の奇として「鮫のあたま」に感じ入る。三番目は「白い鼻の大鶺」に仰天した。私は、このときまで鳥に鼻があるとは全く考えてなかった。これまで花山多佳子を奇の歌人と認識していなかったので、こういう歌に会えてめでたい。

奇はおかしみに通ずる。ユーモアといいたくない、おかしみ。子供たちの歌にもみんなおかしみに通ずる要素があるけれど。

夕闇に顧みすれば佐伯裕子はとろろあふひの
花に消てゐる
隣りのドアから同時に電車を降りし人と左右
の階へ交差したりき
レジに長く並ばせられてかたはらのどんぶり
三つ、かごに入れたり

こういうものには実際にくすくす笑ってしまった。私は実はトロロアオイの花を知らないのだが、いかにもそれは有無を言わさぬ説得力をもって佐伯裕子さんと思わせる。(「顧みすれば」がうまい)。次のリアリズムには恐れ入るし、最後の歌はまさか万引きじゃないだろうが、万引きでもいいようなどんよりしたふらふらぶりが臨場感あっておかしい。おもわず籠に入れるものがどんぶり、しかも三個も、であろうとは。

こういう歌にまじって、青空からだしぬけに雹が降ってくるように、いいようもなく悲しい歌が降ってくる。その例歌を何首かここに引く用意があるけれど、さてどうしたものだろう。それは読者のひとりひとりが好きに読んで人には言わず黙って胸におさめておいて、という方が作法のような気がするのだ。悲しい歌はそれだけでもう十分で、批評すると逃げてしまうような気がするのだ。

これまでの花山多佳子の歌は一方方向にとんがる印象があったが、この歌集は多彩で不透明な奥行きがある。実作者として、闘志をかきたてられるのである。

(「塔」二〇〇三年三月号)

身辺を歌うことの意味
──歌集『木香薔薇』評

澤村斉美

最近の花山多佳子の歌は、ユーモアのある歌が親しまれ、その面白さが評価されることが多いが、読者のこうした反応には私は少々違和感を抱いている。

〈あっ耳が見えた〉と娘がさけぶ夕闇の掘割のうへ群れ飛ぶものに

十五年識閾になし　玄関の壁ごしにエレベーター動きゐること

手の甲にもう一つ手が貼りつくを剝がさむとして声上げて醒む

ベランダを通りゆきつつ黒猫がふりかへりたり。黒猫でなし

卒塔婆のあはひあはひに棕櫚生えるこの寺庭の趣味を疑ふ

日本中八十円切手で行くのかと訊きて息子の電話切れたり

これらの歌は、読みようによっては笑って終わるのかもしれない。だが、笑うしかないところがこわくもある。空を飛ぶ生き物（たぶん蝙蝠）の耳が見える娘、気がつかないところで動いていたエレベーター、手が貼りつく夢、黒猫と思ったら黒猫でないなにものか、趣味の悪い寺庭、常識を度外れた質問をして即切れてしまう息子からの電話など、身辺に在るもの・生きている者たちが、主体の認識を微妙に裏切ってゆく。主体の認識の、相対的で不安定な在り様が映しだされている。主体の認識が相対的で不安定なものであることは、作者に特有の事態ではなく、そのまま現代人の在り様でもある。読者が共感しているのは、その点ではないだろうか。一方で、作者に特有であるというべきは「身辺の素材を離れずに描く」という方法をこの歌集で徹底した点である。この方法によって、身辺世界が少しずつ主体を

裏切っていく様をリアルに描き出しているのである。

さて、「身辺の素材を離れずに描く」という方法について、もう少し詳しく見てみたい。

ばうばうと浦安の海に降る時雨でんしやに見るは寝過ごしにけり

浦安の海に時雨が降っているのを見て、「私」は降りるべき駅を寝過ごしたことを知る。素材は、なんでもない日常のことである。初句から第三句にかけては、字余りを含みつつゆったりと浦安の海とそこに時雨が降る風景を提示する。第四句は、助詞の「に」と「は」を使って、状況を極めて簡略に示す。結句では「けり」が歌に滞空時間をもたらしており、寝過ごしてそのまま電車に揺られてゆく「私」のあてどない表情や、何をするでもなくそこにいるしかないぼんやりとした時間を読みとることができる。こういった茫漠たる時空間を一首が表現しきっていることに驚く。

閉めた蛇口にふくらむ水がぶるぶるとふるへては落ちふるへては落つ

蛇口を閉めた後に、水滴が自らの重みに耐え切れなくなって一滴、二滴と落ちる様子をいう。第四句・結句は、水滴の運動の様子と、言葉の繰り返しとが絶妙に合っている。初句・第二句・第三句は韻律の上で圧力を生んでいる。すなわち、初句の字余りによる力強さ。第二句で主語「ふくらむ水」を出しておきながら、第三句ではすぐには述語を配置しないで「ぶるぶると」と修飾語をおく。こうしてこらえた文体的エネルギーを、第四句・結句の繰り返し表現に至って解放する。韻律と描写内容とが渾然一体となって読む者には反芻され、ぶるぶると震える大きな水滴一滴が脳裏に印象深く残る。

二首いずれも歌の素材を日常生活上の卑近な場面や対象物にとっている。歌い方としては、素材からの飛躍を好まない。卑近な素材を離れず、それをいかに言葉にするか、というところに、作者のなみなみならぬ興味があるようだ。この興味をつきつめた結果、一首目のゆったりと滞空時間を含める歌いぶりや、二首目の韻律上の圧力と繰り返し表現が生きる文体が生まれたように思える。

歯科医院に口あけながら思ひゐる不忍池に蓮(はちす)咲くころ

「歯科医院で口をあいている」という、なんでもないことをやはり素材とする。下句の風景は、口をあけている人の脳内の風景である。天に向いて開く水上の蓮と、口をあける人間の姿とは、その形状がどことなく重なる。ユーモラスでありながら、蓮の存在感が、口を開けている主体の存在感を圧倒するような不思議な味がこの歌にはある。素材を離れないという方法が、思いがけなくもヒトの在り方の深遠に微かに触れる結果へと、言葉を導いている。

燕(つばくら)のとびかふ空となにもなき空が交互に頭(づ)の上にある

エレベーターの中なる人に会釈してわれは消えゆく隣りのドアに

一首目は主体の視界を固定して、空の二種類の風景の方を動かす（小池光はこうした方法を「相対運動」に喩えている）。二首目は逆に、エレベーターの中にいる人の視界を固定して、自分をその視界内を動くものとして動かす。いずれも、ものの意外な見え方が言葉で実現されていて、リアリティがある。このように、身近な素材をどのように歌うか、という発想から一首を構成していく方法を徹底しているところは、この歌集の読みどころなのである。

さて、方法の一貫性ということに加えて、この歌集が持つ説得力とはいったい何だろうか。この問いについて、私は、さきに挙げた「ばうばうと」や「閉めた蛇口に」、「歯科医院に」の歌、さらに、

人形にふとたましひの宿りたるごときめざめよ朝が来てをり
机の上の乱雑すこし押しのけて額(ひたひ)を置きて夢を置きたり

などを思い出す。これらの歌は、どうにもさびしい感じがする。「ばうばうと」は、漠然たる時空間に主体が一人ぽつんといる様子がさびしい。「閉めた蛇口に」や「歯科医院に」の歌は、身辺にある景物の存在感が主体の存在感を凌駕するところが、ヒトの存在としての孤独を感じさせる。「人形に」の歌は、自ずとめざめて今日を生きるしかないかなしさを伝え、「机の上の」の歌は、一日のどこかでふと疲れて体を休める場面に、ままならない生のさびしさがある。こうした歌が日常生活から拾い出され、一つの生をかたちづくっているところに、説得力が生じている。

国道沿ひに二輪の椿、などなくて冬の日ははや暮れゆかむとす
曇りたる空低く日のあらはれて冬木の梢(うれ)はそこに途切るる
払はれし枝(え)の切り口はあづき色に塗られて冬の欅は立つも

作者が素材を自然にとる時、妙に澄んださびしさがあり、心うたれる。「身辺の素材を離れずに描く」という方法は、自然の歌においてその美徳を最もよく発揮したのではないだろうか。そして、右三首の日暮れや樹木の、そうあるしかないさびしさは、なぜ作者の心を捉えるのだろうか。これらの歌を読むとき、読者としては、短歌的幸福に立ち会うような思いがする。作者が、同じ方法を用いて、ずれを孕んでゆく現実世界を見つめていることを思えば、この方法が非常に強靱で、鍛えられたものであることに気がつく。身辺を歌うことの深みへと至った、花山多佳子の歩みを、しんしんと感じる歌集だった。

（「塔」二〇〇六年一二月号）

花山多佳子略年譜

昭和二三年（一九四八年）
三月五日東京都武蔵野市吉祥寺に生まれる。
玉城徹、精子の長女。

昭和二九年（一九五四年）　六歳
武蔵野市立第三小学校入学。

昭和三〇年（一九五五年）　七歳
父母、離婚。

昭和三三年（一九五八年）　十歳
父、再婚。祖父母の家に残る。

昭和三五年（一九六〇年）　十二歳
武蔵野市立第三中学校に入学。

昭和三八年（一九六三年）　十五歳
東京都立武蔵高等学校に入学。

昭和四一年（一九六六年）　十八歳
同志社大学文学部文化学科に入学。
女子寮に入る。

昭和四三年（一九六八年）　二十歳
寮を出て下宿。京大短歌会に参加。高安国世主宰の「塔」短歌会に入会。

昭和四五年（一九七〇年）　二二歳
大学卒業、帰宅。経済発展協会に就職。

昭和四七年（一九七二年）　二四歳
退社。グロリアインターナショナル日本支社編集部に入社。四九年退社。

昭和四八年（一九七三年）　二五歳
三月、花山勉と結婚、小金井市に転居。

昭和五〇年（一九七五年）　二七歳
吉祥寺の祖父母宅に転居。

昭和五三年（一九七八年）　三〇歳
第一歌集『樹の下の椅子』（私家版）出版。

昭和五五年（一九八〇年）　三二歳
一月、同居の祖父、玉城肇死去。五月、長女周子誕生。

千葉市さつきが丘に転居。

昭和五七年（一九八二年）　三四歳

長男晋誕生。

昭和六〇年（一九八五年）　三七歳

第二歌集『楕円の実』（ながらみ書房）出版。

昭和六二年（一九八七年）　三九歳

柏市松葉町に転居。

平成元年（一九八九年）　四一歳

第三歌集『砂鉄の光』（沖積舎）出版。

平成三年（一九九一年）　四三歳

選集『おいらん草』（沖積舎）出版。

平成五年（一九九三年）　四五歳

第四歌集『草舟』（花神社）出版。

平成六年（一九九四年）　四六歳

『草舟』により第二回ながらみ現代短歌賞を受賞。

平成一〇年（一九九八年）　五〇歳

第五歌集『空合』（ながらみ書房）出版。

この歌集より旧かな遣いとなる。

平成一一年（一九九九年）　五一歳

『空合』により第九回河野愛子賞受賞。

「塔」の選者となる。

平成一二年（二〇〇〇年）　五二歳

現代短歌文庫『花山多佳子歌集』（砂子屋書房）出版。

平成一四年（二〇〇二年）　五四歳

第六歌集『春疾風』（砂子屋書房）出版。

平成一六年（二〇〇四年）　五六歳

河北新報「河北歌壇」選者となる。

平成一八年（二〇〇六年）　五八歳

第七歌集『木香薔薇』（砂子屋書房）出版。

平成一九年（二〇〇七年）　五九歳

『木香薔薇』により第一八回斎藤茂吉短歌文学賞受賞。

現代短歌文庫『続 花山多佳子歌集』（砂子屋書房）出版。

平成二二年（二〇一〇年）　六二歳

七月一三日、父　玉城徹死去。八六歳。

平成二三年（二〇一一年）　六三歳

第八歌集『胡瓜草』（砂子屋書房）出版。

平成二四年（二〇一二年）　六四歳

『胡瓜草』により第四回小野詩歌文学賞受賞。

第四七回短歌研究賞受賞。

第九歌集『木立ダリア』（本阿弥書店）出版。

平成二七年（二〇一五年）　六七歳

『森岡貞香の秀歌』（砂子屋書房）出版。

平成二八年（二〇一六年）　六八歳

第十歌集『晴れ・風あり』（短歌研究社）出版。

続々　花山多佳子歌集　　現代短歌文庫第133回配本

2017年7月28日　初版発行

著　者　花山多佳子

発行者　田村雅之

発行所　砂子屋書房

〒101-0047　東京都千代田区内神田3-4-7

電話　03－3256－4708

Fax　03－3256－4707

振替　00130－2－97631

http://www.sunagoya.com

装幀・三嶋典東　　落丁本・乱丁本はお取り替えいたします

現代短歌文庫

（　）は解説文の筆者

①三枝浩樹歌集
『朝の歌』全篇

②佐藤通雅歌集（細井剛）
『薄明の谷』全篇

③高野公彦歌集（河野裕子・坂井修一）
『汽水の光』全篇

④三枝昻之歌集（山中智恵子・小高賢）
『水の覇権』全篇

⑤阿木津英歌集（笠原伸夫・岡井隆）
『紫木蓮まで・風舌』全篇

⑥伊藤一彦歌集（塚本邦雄・岩田正）
『瞑鳥記』全篇

⑦小池光歌集（大辻隆弘・川野里子）
『バルサの翼』『廃駅』全篇

⑧石田比呂志歌集（玉城徹・岡井隆他）
『無用の歌』全篇

⑨永田和宏歌集（高安国世・吉川宏志）
『メビウスの地平』全篇

⑩河野裕子歌集（馬場あき子・坪内稔典他）
『森のやうに獣のやうに』『ひるがほ』全篇

⑪大島史洋歌集（田中佳宏・岡井隆）
『藍を走るべし』全篇

⑫雨宮雅子歌集（春日井建・田村雅之他）
『悲神』全篇

⑬稲葉京子歌集（松永伍一・水原紫苑）
『ガラスの檻』全篇

⑭時田則雄歌集（大金義昭・大塚陽子）
『北方論』全篇

⑮蒔田さくら子歌集（後藤直二・中地俊夫）
『森見ゆる窓』全篇

⑯大塚陽子歌集（伊藤一彦・菱川善夫）
『遠花火』『酔芙蓉』全篇

⑰百々登美子歌集（桶谷秀昭・原田禹雄）
『盲目木馬』全篇

⑱岡井隆歌集（加藤治郎・山田富士郎他）
『鵞卵亭』『人生の視える場所』全篇

⑲玉井清弘歌集（小高賢）
『久露』全篇

⑳小高賢歌集（馬場あき子・日高堯子他）
『耳の伝説』『家長』全篇

㉑佐竹彌生歌集（安永蕗子・馬場あき子他）
『天の螢』全篇

㉒太田一郎歌集（いいだもも・佐伯裕子他）
『墳』『蝕』『獵』全篇

現代短歌文庫

（　）は解説文の筆者

㉓春日真木子歌集（北沢郁子・田井安曇他）
『野菜涅槃図』全篇

㉔道浦母都子歌集（大原富枝・岡井隆）
『無援の抒情』『水憂』『ゆうすげ』全篇

㉕山中智恵子歌集（吉本隆明・塚本邦雄他）
『夢之記』全篇

㉖久々湊盈子歌集（小島ゆかり・樋口覚他）
『黒鍵』全篇

㉗藤原龍一郎歌集（小池光・三枝昂之他）
『夢みる頃を過ぎても』『東京哀傷歌』全篇

㉘花山多佳子歌集（永田和宏・小池光他）
『樹の下の椅子』『楕円の実』全篇

㉙佐伯裕子歌集（阿木津英・三枝昂之他）
『未完の手紙』全篇

㉚島田修三歌集（筒井康隆・塚本邦雄他）
『晴朗悲歌集』全篇

㉛河野愛子歌集（近藤芳美・中川佐和子他）
『黒羅』『夜は流れる』『光ある中に』（抄）他

㉜松坂弘歌集（塚本邦雄・由良琢郎他）
『春の雷鳴』全篇

㉝日高堯子歌集（佐伯裕子・玉井清弘他）
『野の扉』全篇

㉞沖ななも歌集（山下雅人・玉城徹他）
『衣裳哲学』『機知の足首』全篇

㉟続・小池光歌集（河野美砂子・小澤正邦）
『日々の思い出』『草の庭』全篇

㊱続・伊藤一彦歌集（築地正子・渡辺松男）
『青の風土記』『海号の歌』全篇

㊲北沢郁子歌集（森山晴美・富小路禎子）
『その人を知らず』を含む十五歌集抄

㊳栗木京子歌集（馬場あき子・永田和宏他）
『水惑星』『中庭』全篇

㊴外塚喬歌集（吉野昌夫・今井恵子他）
『喬木』全篇

㊵今野寿美歌集（藤井貞和・久々湊盈子他）
『世紀末の桃』全篇

㊶来嶋靖生歌集（篠弘・志垣澄幸他）
『笛』『雷』全篇

㊷三井修歌集（池田はるみ・沢口芙美他）
『砂の詩学』全篇

㊸田井安曇歌集（清水房雄・村永大和他）
『木や旗や魚らの夜に歌った歌』全篇

㊹森山晴美歌集（島田修二・水野昌雄他）
『グレコの唄』全篇

現代短歌文庫

（　）は解説文の筆者

㊺上野久雄歌集（吉川宏志・山田富士郎他）
『夕鮎』抄、『バラ園と鼻』抄他

㊻山本かね子歌集（蒔田さくら子・久々湊盈子他）
『ものどらま』を含む九歌集抄

㊼松平盟子歌集（米川千嘉子・坪内稔典他）
『青夜』『シュガー』全篇

㊽大辻隆弘歌集（小林久美子・中山明他）
『水廊』『抱擁韻』全篇

㊾秋山佐和子歌集（外塚喬・一ノ関忠人他）
『羊皮紙の花』全篇

㊿西勝洋一歌集（藤原龍一郎・大塚陽子他）
『コクトーの声』全篇

51青井史歌集（小高賢・玉井清弘他）
『月の食卓』全篇

52加藤治郎歌集（永田和宏・米川千嘉子他）
『昏睡のパラダイス』『ハレアカラ』全篇

53秋葉四郎歌集（今西幹一・香川哲三）
『極光―オーロラ』全篇

54奥村晃作歌集（穂村弘・小池光他）
『鴇色の足』全篇

55春日井建歌集（佐佐木幸綱・浅井愼平他）
『友の書』全篇

56小中英之歌集（岡井隆・山中智恵子他）
『わがからんどりえ』『翼鏡』全篇

57山田富士郎歌集（島田幸典・小池光他）
『アビー・ロードを夢みて』『羚羊譚』全篇

58続・永田和宏歌集（岡井隆・河野裕子他）
『華氏』『饗庭』全篇

59坂井修一歌集（伊藤一彦・谷岡亜紀他）
『群青層』『スピリチュアル』全篇

60尾崎左永子歌集（伊藤一彦・栗木京子他）
『彩虹帖』全篇『さるびあ街』（抄）他

61続・尾崎左永子歌集（篠弘・大辻隆弘他）
『春雪ふたたび』『星座空間』全篇

62続・花山多佳子歌集（なみの亜子）
『草舟』『空合』全篇

63山埜井喜美枝歌集（菱川善夫・花山多佳子他）
『はらりさん』全篇

64久我田鶴子歌集（高野公彦・小守有里他）
『転生前夜』全篇

65続々・小池光歌集
『時のめぐりに』『滴滴集』全篇

66田谷鋭歌集（安立スハル・宮英子他）
『水晶の座』全篇

現代短歌文庫

（　）は解説文の筆者

67 今井恵子歌集（佐伯裕子・内藤明他）
『分散和音』全篇

68 続・時田則雄歌集（栗木京子・大金義昭）
『夢のつづき』『ペルシュロン』全篇

69 辺見じゅん歌集（馬場あき子・飯田龍太他）
『水祭りの桟橋』『闇の祝祭』全篇

70 続・河野裕子歌集
『家』全篇、『体力』『歩く』抄

71 続・石田比呂志歌集
『孑孑』『忘八』『涙壺』『老猿』『春灯』抄

72 志垣澄幸歌集（佐藤通雅・佐佐木幸綱）
『空壜のある風景』全篇

73 古谷智子歌集（来嶋靖生・小高賢他）
『神の痛みの神学のオブリガード』全篇

74 大河原惇行歌集（田井安曇・玉城徹他）
未刊歌集『昼の花火』全篇

75 前川緑歌集（保田與重郎）
『みどり抄』全篇、『麥穂』抄

76 小柳素子歌集（来嶋靖生・小高賢他）
『獅子の眼』全篇

77 浜名理香歌集（小池光・河野裕子）
『月兎』全篇

78 五所美子歌集（北尾勲・島田幸典他）
『天姥』全篇

79 沢口芙美歌集（武川忠一・鈴木竹志他）
『フェベ』全篇

80 中川佐和子歌集（内藤明・藤原龍一郎他）
『海に向く椅子』全篇

81 斎藤すみ子歌集（菱川善夫・今野寿美他）
『遊楽』全篇

82 長澤ちづ歌集（大島史洋・須藤若江他）
『海の角笛』全篇

83 池本一郎歌集（森山晴美・花山多佳子）
『未明の翼』全篇

84 小林幸子歌集（小中英之・小池光他）
『枇杷のひかり』全篇

85 佐波洋子歌集（馬場あき子・小池光他）
『光をわけて』全篇

86 続・三枝浩樹歌集（雨宮雅子・里見佳保他）
『みどりの揺籃』『歩行者』全篇

87 続・久々湊盈子歌集（小林幸子・吉川宏志他）
『あらばしり』『鬼龍子』全篇

88 千々和久幸歌集（山本哲也・後藤直二他）
『火時計』全篇

現代短歌文庫

（　）は解説文の筆者

現代短歌文庫

（　）は解説文の筆者

(111)木村雅子歌集（来嶋靖生・小島ゆかり他）
『星のかけら』全篇

(112)藤井常世歌集（菱川善夫・森山晴美他）
『氷の貌』全篇

(113)続々・河野裕子歌集
『季の栞』『庭』全篇

(114)大野道夫歌集（佐佐木幸綱・田中綾他）
『春吾秋蟬』全篇

(115)池田はるみ歌集（岡井隆・林和清他）
『妣が国大阪』全篇

(116)続・三井修歌集（中津昌子・柳宣宏他）
『風紋の島』全篇

(117)王紅花歌集（福島泰樹・加藤英彦他）
『夏暦』全篇

(118)春日いづみ歌集（三枝昂之・栗木京子他）
『アダムの肌色』全篇

(119)桜井登世子歌集（小高賢・小池光他）
『夏の落葉』全篇

(120)小見山輝歌集（山田富士郎・渡辺護他）
『春傷歌』全篇

(121)源陽子歌集（小池光・黒木三千代他）
『透過光線』全篇

(122)中野昭子歌集（花山多佳子・香川ヒサ他）
『草の海』全篇

(123)有沢螢歌集（小池光・斉藤斎藤他）
『ありすの杜へ』全篇

(124)森岡貞香歌集
『白蛾』『珊瑚數珠』『百乳文』全篇

(125)桜川冴子歌集（小島ゆかり・栗木京子他）
『月人壮子』全篇

(126)柴田典昭歌集（小笠原和幸・井野佐登他）
『樹下逍遙』全篇

(127)続・森岡貞香歌集
『黛樹』『夏至』『敷妙』全篇

(128)角倉羊子歌集（小池光・小島ゆかり）
『テレマンの笛』全篇

(129)前川佐重郎歌集（喜多弘樹・松平修文他）
『彗星紀』全篇

(130)続・坂井修一歌集（栗木京子・内藤明他）
『ラビュリントスの日々』『ジャックの種子』全篇

(131)新選・小池光歌集
『静物』『山鳩集』全篇

(132)尾崎まゆみ歌集（馬場あき子・岡井隆他）
『微熱海域』『真珠鎖骨』全篇

現代短歌文庫

（　）は解説文の筆者

（以下続刊）